奎文萃珍

剪燈新話

［明］瞿佑 撰

文物出版社

圖書在版編目（CIP）數據

剪燈新話 / (明) 瞿佑撰. -- 北京 : 文物出版社, 2024. 9. -- (奎文萃珍 / 鄧占平主編). -- ISBN 978-7-5010-8509-5

Ⅰ. I242.1

中國國家版本館CIP數據核字第2024S511G0號

奎文萃珍

剪燈新話 〔明〕瞿佑　撰

主　　編：鄧占平
策　　劃：尚論聰　楊麗麗
責任編輯：李子裔
責任印製：張　麗

出版發行：文物出版社
社　　址：北京市東城區東直門内北小街2號樓
郵　　編：100007
網　　址：http://www.wenwu.com
郵　　箱：wenwu1957@126.com
經　　銷：新華書店
印　　刷：藝堂印刷（天津）有限公司
開　　本：710mm × 1000mm　1/16
印　　張：16
版　　次：2024年9月第1版
印　　次：2024年9月第1次印刷
書　　號：ISBN 978-7-5010-8509-5
定　　價：100.00圓

序言

《剪燈新話》，明代文言短篇小説集，四卷，明瞿佑撰。

關于本書作者，雖題瞿佑撰，但其所收二十一篇作品似并不出于一人之手。明代時即有人對此提出疑問，如都穆在《都公談纂》中曾提到，嘉興周鼎謂《剪燈新話》爲元人楊維楨所作，其後瞿佑竊取楊維楨之稿，自爲署名。但對這樣的説法，都穆自謂『今觀《新話》之文，不類廉夫（楊維楨）』。除此之外，關于本書的作者還有盧景暉、多人合作等説，但均無很確切的證據。今按《剪燈新話》諸明刻本，均題瞿佑之名，且瞿氏自序中言『余既編集古今奇怪之事，以爲《剪燈録》』，可見《剪燈新話》并非由瞿氏從無到有創作，而是根據業已流傳的志怪故事加以補充編輯而成。按傳統志怪之筆記小説，多有因循前人之書，或取其故事梗概加以改編成書的現象，因此像《剪燈新話》這類志怪小説集，其所録各篇行文有一定差别并不足怪。而瞿氏搜集、寫定或改寫這些業已流傳的故事，編成《剪燈新話》一書，其書毫無疑問屬于瞿氏著作。因此，《剪燈新話》的作者仍當定位爲瞿佑。

明代初年，文網森嚴，忌諱頗多，對于元代盛行的雜劇，亦多經禁止。據顧起元《客座贅語》所載，當時對戲劇的禁令極爲嚴苛，除勸人向善的戲之外，與古帝王聖賢有關的詞曲、雜劇均被禁止。在這種文化高壓的政策下，文人的小説傳奇創作多轉向才子佳人故事。瞿佑《剪燈新話》中的二十一篇故事，大抵屬于此類。

瞿佑（一三四一—一四三三），字宗吉，號存齋，又號山陰道人，錢塘（今浙江杭州）人。少年能詩，十四歲時即能與楊維楨唱和，受到楊維楨的賞識。洪武年間，官臨安教諭、宜陽訓導，其後升周王府長史。永樂中，因作詩獲罪，謫戍保安十年。洪熙元年（一四二五），因英國公張輔出面，瞿佑被赦免。宣德八年（一四三三）卒。瞿佑一生，文名頗盛，除《剪燈新話》外，還有《存齋詩集》《聞史管見》等書傳世，今人喬光輝輯有《瞿佑全集校注》。

《剪燈新話》成書于洪武十一年（一三七八），此時去元末戰亂不遠，因此書中的故事多帶有戰亂與亂世的元素，如其中《富貴發迹司志》一篇所記朱元璋與張士誠兩方『攻圍爭奪，戰陣相尋，沿淮諸郡，多被其禍，死于亂兵者何止三十萬焉』；《愛卿傳》記至正十七年（一三五七）江浙參政楊完抵禦張士誠事，均體現出濃厚的元末戰亂的時代背景。在這樣的背景下，社會的黑暗和不公、青年男女的愛情、人世的悲歡離合，經瞿佑之筆，演繹出一幕幕動人的故事。

由于《剪燈新話》中多有鬼怪形象出現，且其中不乏與愛情有關的篇目，因此在正統七年（一四四二），《剪燈新話》遭到明政府禁毀，以至國内傳本甚罕。但在日本與韓國，《剪燈新話》却影響廣泛，如朝鮮文人編纂有多種《剪燈新話》選本，朝鮮、日本、越南均有模仿《剪燈新話》的小説集出現。直至明治年間，日本仍不斷有《剪燈新話》新的版本出現。由此也可以看出《剪燈新話》頑强的生命力。

《剪燈新話》的早期刊本有嘉靖萬曆間章甫言刻本、萬曆黄正位刻本、萬曆二十一年（一五九三）虞淳熙刻本。其中黄正位刊本雖系翻刻章甫言刻本，但鏤鐫精工，增添精美版畫二十餘幅，且流傳稀見。今據萬曆黄正位刻本影印（附録《秋香亭記》缺一頁），以供研究者使用。

編者

二〇二四年六月

剪燈新話序

余旣編集古今奇恠之事以爲剪燈錄凡四十卷矣好事者每以近事相聞遠不出百年近止在數載襞積於中日新月盛習氣所溺欲罷不能乃援筆爲文以紀之其事皆可喜可悲可驚可恠者所惜筆路荒蕪詞源淺狹無嵬目湏耳之論以發揮之耳旣成又自以爲涉於語恠近於誨淫藏之書笥不欲傳出客聞而求觀者衆不能盡郤之則又自解曰詩書易春秋皆聖筆之所述作以爲萬世大經大法者也然而

易言龍戰于野書載雉雊于鼎國風取淫奔之詩春秋紀亂賊之事是又不可執一論也今余此編雖於世教民彝莫之或補而勸善懲惡哀窮悼屈其亦庶乎言者無罪聞者足以戒之一義云爾客以余言有理故書之卷首

洪武戊午歲六月朔日山陽瞿祐書

剪燈新話目錄

秋香亭記

剪燈新話卷之一

山陽瞿　祐　宗吉著
新安黃正位　黃叔校

水宮慶會錄

至正甲申歲潮州士人余善文於所居白晝閒坐忽有力士二人黃巾繡襖自外而入致敬於前曰廣利王奉邀善文驚曰廣利洋海之神善文塵世之士幽顯路殊安得相及二人曰君但請行毋用辭阻遂與之偕出南門外見大紅船泊於江滸登船有兩黃龍

水晶宮
黃應孝鐫

九

挾之而行速如風雨瞬息已至止於門下二人入報
頃之請入廣利降階而接曰久仰聲華坐屈冠蓋幸
勿見訝遂延之上階與之對坐善文跼蹐退遜廣利
王曰君居陽界寡人處水府不相統攝可無辭也善
文曰大王貴重僕乃一介寒儒敢當盛禮固辭廣利
左右有二臣曰龜叅軍鼈長史者趨出奏曰客言是
也王可從其所請不宜自損威德有失觀瞻廣利乃
居中而坐別設一榻於右命善文坐乃言曰敝居僻
陋蛟鼉之與隣魚鼈之與居無以昭示神威闡揚帝

命令欲別構一殿命名靈德工匠巳舉木石咸具所乏者惟上梁文爾側聞君子負不世之才蘊濟世之略故特奉邀至此幸爲寡人製之卽命近侍取白玉之硯奉文犀之管并蛟綃丈許置善文前善文俯首聽命一揮而就文不加點其辭曰伏以天壤之間海爲最大人物之內神爲最靈旣屬香火之依歸可乏廟堂之壯麗是用重營實殿新揭華名掛龍骨以爲梁靈光耀日緝魚鱗而作瓦瑞氣蟠空列明珠白玉之簾櫳接青雀黃龍之舸艦瑣窗啓而海色在戶繡

闉開而雲影臨軒雨順風調鎮南滇八千餘里天高
地厚垂後世億萬斯言通江漢之朝宗受溪湖之獻
納天吳紫鳳紛紜而列鬼國羅刹次第而來巋然若
魯靈光美哉如漢景福控蠻荊而引甌越永壯宏規
叶閶闔而呈琅玕宜興善頌遂爲短唱助舉脩梁拋
梁東方丈蓬萊指顧中笑看扶桑三百尺金鷄啼罷
日輪紅拋梁西黑水流沙路不迷後夜瑤池王母降
一雙青鳥向人啼拋梁南巨浸泓泓萬族涵要識封
疆寬幾許大鵬飛盡水如盤拋梁北衆星燦爛環宸

極遙瞻何處是中原一髮青山浮翠色拋梁上乘龍
夜去陪天仗袖中奏罷一封書盡與蒼生除禍瘴拋
梁下水族紛綸承德化清曉頻聞贊拜聲江神河伯
朝靈駕伏願上梁之後萬族歸仁百靈仰德珠宮貝
闕應天上之三光袞衣繡裳備人間之五福書罷進
呈廣利大喜十日落成發使詣東西北三海請其王
赴慶殿會翌日三神皆至從者千乘萬騎神鼓巨鍔
踴躍後先長鯨大鯤奔馳左右魚頭鬼面之卒執旌
旄而操戈戟者又不知其幾多也是日廣利頂通天

之冠御絳紗之袍秉碧玉之圭趨迎于門其禮甚肅三神亦各盛其冠冕嚴其劒珮威儀極嚴恪但所服之袍則各隨其方而色不同焉敘暄涼畢揖讓而坐善文亦以白衣坐於殿角方欲與三神敘禮忽東海廣澤王座後有一從臣鐵冠而長鬣者號赤鯶公忿然作色躍出廣利前而請曰今茲貴殿落成特為三王而設斯會雖江河之長川澤之君咸不得預廁其禮可謂嚴矣彼白衣而末坐者為何人斯乃敢於此搪突也廣利曰此乃潮陽秀士余君善文也吾備盡

德殿成講其為上梁文故留之在此爾廣澤遺言曰
丈士在座汝烏得多言姑退赤鯶公乃赧然而下已
而進酒樂作有美女二十人搖明璫曳輕裾於筵前
舞淩波之隊歌淩波之辭曰若有人兮波之中折楊
柳兮採芙蓉振瑤環兮瓊珮璆鏘鳴兮玲瓏衣翩翩
兮若驚鴻身矯矯兮若游龍輕塵生兮羅襪斜日照
兮芳蓉蹇獨力兮西復東羌可遇兮不可從忽飄然
而長往御泠泠之輕風無覓復有歌童四十輩倚新
粧飄香袖於庭下舞採蓮之隊歌採蓮之曲曰桂棹

兮蘭舟泛波光兮遠遊揖予玦兮別浦解予佩兮芳
洲波搖搖兮舟不定折荷花兮斷荷柄露何爲兮沾
裳風何爲兮吹鬢綽歌起兮彩袖揮翡翠散兮鴛鴦
飛張蓮葉兮爲蓋緝藕絲兮爲衣日欲落兮風更急
微煙生兮淡月出早歸來兮難久留對芳華兮樂不
可以終極二舞既畢然後擊靈鼉之鼓吹玉龍之笛
衆樂畢陳觥籌交錯於是東西北三神共捧一觴致
於善文前曰吾等僻處遐陬不聞典禮今日之會獲
覩盛儀而又幸遇大君子在座光彩倍增願爲一詩

以紀之使他時留傳于龍宮水府抑亦一盛事也不可知乎善文不敢辭遂獻水宮慶會詩二十韻曰帝德乾坤大神功嶺海安淵宮開棟宇水路息波瀾列爵王侯貴分符地界寬威靈聞赫奕事業保全完南極當通奏炎方永授官登堂朝玉帛設宴會衣冠鳳舞三簷蓋龍馱七寶鞍傳書雙鯉躍扶輦六鰲蟠王母調金鼎天妃捧玉盤杯凝紅琥珀袖拂碧琅玕座上湘靈舞頻將錦瑟彈曲終漢女至忙把翠旗看瑤霧迷珠箔祥煙繞畫闌屏開雲母瑩簾捲水晶寒共

歆三危露同飡九轉丹良辰宜酩酊樂事許盤桓異味充喉舌靈光照肺肝渾如到兜率又似夢邯鄲獻酢陪高會歌呼得盡歡題詩傳勝事春色滿毫端詩進座間大悅已而日落咸池月生東谷諸神大醉傾扶而出各歸其國車馬駢闐之聲猶逾時不絕明日廣利特設一宴以謝善文宴罷以玻瓈盤盛照夜之珠十通天之犀二為潤筆之資復命二使送之還郡善文到家携所得於波斯寶肆鬻焉獲財億萬計遂為富族善文後亦不以功名為意棄家求道徧遊名

山不知所終

金鳳釵記

大德中揚州富人吳防禦居春風樓側與宦族崔君爲鄰交契甚厚崔有子曰興歌防禦有女曰興娘俱在襁褓崔君因求女爲興哥婦防禦許之以金鳳釵一隻爲約旣而崔君遊宦遠方凡一十五載並無一字相聞女處閨闈年十九矣其母謂防禦曰崔家一去十五載不通音耗興娘長成矣不可執守前言令其挫失時節也防禦曰吾已許吾故人矣況誠約已

寔吾負食言者也女亦望生不至因而感疾沉眠枕
席半歲而終父母哭之慟臨斂母持金鳳釵俯尸而
泣曰此汝夫家物也今汝已矣吾留此安用遂簪於
其髻而殯焉殯之兩月而崔生至防禦延接之訪問
其故則曰父爲上都廣德府理官而卒母亦先逝數
年矣今已服除故不遠千里至此防禦下淚曰興娘
薄命爲念君故於兩月前飲恨而終今已殯之矣因
引生入室至其靈几前焚楮錢以告之舉家號慟防
禦謂生曰郎君父母既沒道路又遠今既來此可便於

吾家宿食故人之子卽吾子也勿以與娘沒故自同外人便令搬挈行李於門側小齋安泊將及半月時値清明防禦以女新沒之故舉家上冢與娘有妹曰慶娘年十七矣是日亦同往惟留生在家看守至暮而歸天已曛黑生于門左迎接有轎二乘前轎已入後轎至生前似有物墜地鏗然作聲生俟其過急往拾之乃金鳳釵一隻也欲納還於內則中門已闔不可得而入矣遂還小齋明燈獨坐自念婚事不成隻身孤苦寄跡人門亦非久計長歎數聲方欲撫枕而

臥忽聞剝啄叩門之聲問之則不答不問則又叩如是者三度乃起開視之則一美姝立於門外見戶開搴裙而入生大驚女低辭歛氣向生細語曰郎不識妾耶妾卽興娘之妹慶娘爾向者投釵轎下郎拾得否卽挽生就寢生以其父待之厚辭曰不敢拒之甚確至于再三女赧然作色曰吾父以子姪之禮待汝置汝門下而汝於深夜誘我至此將欲何爲我將訴之于父訟汝于官必不捨汝矣生懼不得已而從焉自是暮隱而出朝隱而入往來於門側小齋凡及一

月女一夕謂生曰妾處深閨君在外館今日之事幸無人知覺誠恐好事多魔佳期易阻一旦聲迹彰露親庭罪責閉籠而鎖鸚鵡打鴨而驚鴛鴦在妾固所甘心於君誠恐累德莫若先事而發懷璧而逃或晦迹深村或藏蹤異郡庶得優游偕老不致分離也生頗然其計曰君言亦自有理吾方思之因自念零丁孤苦素乏親知雖欲逃亾竟將焉往嘗聞父言有舊僕金榮者信義人也居鎮江呂城以耕種爲業今往投之庶不我拒至明夜五鼓與女輕裝買船過瓜洲

逕奔丹陽訪于村阯則果有金榮者家甚殷富見爲
本村保正生大喜直造其門至則初不相識也生言
其父姓名爵里及已乳名方始認之則設位而哭其
主捧生于座而拜曰此吾家郎君也生告以故虛正
堂而處之生處榮家榮事之如事舊主衣食之需供
給甚至將及一年女告生曰始也懼父母之責故與
君爲卓氏之逃蓋出於不得已也今則舊穀既沒新
穀既登歲月如流已及朞矣且愛子之心人皆有之
今而自歸喜于再見必不我罪也況父母生身之恩

莫大焉豈有終絕之理盍往見之乎生從其言與之
渡江入城將及其家謂生曰妾逃竄一年今遽與君
同往或恐觸彼之怒君宜先往覘之妾停舟於此以
俟臨行復呼生廻以金鳳釵授之曰如或不信而見
拒當出此以示之可也生至門防禦聞之欣然而出
見反致謝曰日昨顧待不周致君不安其所而他適
老夫之罪也幸勿見怪生拜伏在地不能仰視但稱
死罪口亦不絕聲防禦曰有何罪過遽出此言願賜開
陳釋我疑慮生乃作而言曰曩者房帷事密兒女情

多負不義之名犯私通之律不告而娶竊負而逃竄
伏村墟廷延歲月音容久阻書問莫傳情雖篤於夫
婦恩敢忘乎父母今則謹携令愛同此歸寧伏望察
其深情恕其罪過使得終能偕老永遂于飛大人有
溺愛之恩小子有室家之樂是所望也惟冀憫焉防
禦聞之驚曰吾女卧病於床今乃一載饘粥不進轉
側須人豈有是事耶生謂其恐爲門戶之辱故飾詞
以拒之乃曰目今慶娘外在於舟中可令人舁取之來
防禦雖不信焉卽令家僮馳往視之至江舟邊並無

所見防禦大怒方深責其妖妄崔生袖中取出金鳳釵以進防禦見之駭然大驚曰此物吾亡女興娘殉葬之釵胡爲而至此哉疑惑之際慶娘忽於床上欣然而起出至堂前拜其父曰興娘不幸早辭嚴侍遠棄荒郊然崔生緣分未斷今來此意亦無他特 欲以愛妹慶娘續其婚爾如所請肯從則吾病患當即痊除不用妾言命盡此矣舉家驚駭視其身則慶娘而言動舉止即興娘也父詰之曰汝既死矣安得復於人世爲此惑亂也對曰妾之死也冥司以妾無罪

不復拘禁得隸堂上娘娘帳下掌傳箋奏妾以世緣未盡故特給假一年來與崔郎了此一段姻緣耳父聞其語切乃許之卽斂容拜謝又與崔生執手歔欷而別且曰父母許我矣汝做好嬌客愼無以新人而忘舊人也言訖慟哭數聲而仆于地視之死矣急以湯藥灌之移時方甦疾病已去行動如常問其前事瞢無所知遂卜日續崔生之婚生感興娘之情以釵貨於市得鈔貳拾錠盡買香燭楮幣齎往瓊花觀命道士建醮三晝夜以報之復見夢於生曰蒙君薦拔

尚有餘情雖隔幽明實深感佩小妹柔和乞善視之
生驚悼而覺從此遂絕嗚呼異哉

聯芳樓記

吳郡富室有姓薛者至正初居于閶闔門外以糶米爲業有二女長曰桂英次曰蕙英皆聰明秀麗能爲詩賦遂於宅後建一樓以處之名曰蘭蕙聯芳之樓適承天寺僧雪窓善以水墨寫蘭蕙乃以粉塗四壁邀其繪畫於上登之者藹然而入春風之室矣二女日夕於間吟咏不輟有詩數百篇號聯芳集好事者

往往傳誦時會稽楊鐵崖作西湖竹枝曲和之者百餘家鏤板書肆二女見之笑曰西湖有竹枝曲東湖獨無竹枝曲乎乃製蘇臺竹枝曲十章曰姑蘇臺上月團團姑蘇臺下水潺潺月落西邊有時出水流東去幾時還館娃宮中麋鹿遊西施去泛五湖舟香魂玉骨歸何處不及真娘葬虎丘虎丘山上塔層層夜静分明見佛燈約伴燒香寺中去自將釵釧施山僧門泊東吳萬里船烏啼月落水如煙寒山寺裏鐘聲早漁火江楓惱客眠洞庭金柑三寸黃笠澤鱸魚一

尺長東南佳味人知少玉石無緣進上方荻芽抽筍
楝花開不見河豚石首來早起腥風滿城市郎從海
口販鮮回楊柳青青楊柳黃青黃變色過年光妾似
柳絲易憔悴郎如柳絮太顛狂翡翠雙飛不待呼鴛
鴦伴宿幾曾孤生憎寶帶橋頭水半入吳江半太湖
一緺鳳髻綠於雲人字牙梳白似銀斜倚朱門翹首
立往來多少斷腸人百尺高樓倚碧天闌干曲曲畫
屏連儂家自有蘇臺曲不去西湖唱採蓮他作亦皆
稱是觀此其才可知矣鐵崖見其藁手寫二詩於後

曰錦江只說薛濤箋吳郡今傳蘭蕙篇文采風流知有自連珠合璧照華筵難弟難兄並有名英英端不讓瓊瓊好將筆底春風句譜作瑤箏絃上聲由是名聞遠近咸以為班姬蔡女復出易安淑真而下不論也其樓下瞰官河舟楫多經過焉崐山有鄭生者亦甲族其父與薛素厚乃令生興販于郡至則泊舟樓下依薛為主薛以其父之故待之如戚屬往來無間也生少年氣韻溫和質性俊雅夏月於船首澡浴二女於總隙窺見之以荔枝一雙投下生雖會其意然

仰視飛甍峻宇縹緲於霄漢自非身具羽翼莫能至也旣而更深漏靜月墜河傾萬籟俱寂夜色蒼然生不能寐企立船舷如有所俟忽聞樓窗啞然有聲顧聆之頃則二女以鞦韆絨索垂一竹兜於其前生得以乘之而上旣見喜極不能言乃相攜入寢盡繾綣之意焉長女口占一詩贈生曰玉砌雕欄花兩枝相逢郤是未開時嬌姿未慣風和雨分付東君好護持次女亦吟曰寶篆煙消燭影低枕屏搖動鎮幃犀風流好似魚遊水才過東來又向西至曉復乘之而下

自是無夕而不會二女吟咏頗多不能盡記生恥無以答一夕見案間有剡溪玉葉牋遂濡筆題一詩於上曰誤入蓬山頂上來芙蓉芍藥兩邊開此身得似偷香蝶遊戲花叢日幾廻二女得詩喜甚藏之篋笥已而就枕生復索其吟咏長女即唱曰連理枝頭並蔕花明珠無價玉無瑕次女續曰合歡幸得逢簫史乘興難同訪戴家長女又續之曰羅襪生塵魂蕩漾瑤釵墜枕鬢鬆鬆次女續之曰他時漏泄春消息不悔今宵一念差遂足成律詩一篇又一夕中夜之後

生忽悵然曰我本羇旅託跡門下今日之事尊人因
知一旦事蹟彰聞恩情間阻則樂昌之鏡或恐從此
而遂分延平之劍不知何時而再合也因嗚咽淚下
二女曰妾之鄙陋自知甚明父處閨闈薄通書史非
不知鑽穴之可醜韞匱之可佳也然而秋月春花每
傷處度雲情水性失於自持曩者偷窺宋玉之牆自
獻卞和之璧感君不棄特賜俯從雖六禮之未行諒
一言之已定方欲同歡枕席永奉衣巾奈何遽出此
言自生疑阻妾雖女子計之審矣他日機事彰聞親

庭譴責若從妾所請則終奉箕箒於君家如不遂所
圖則求我於黄泉之下矣必不再登他門也生聞此
言不勝感激未幾生之父以書督生還家女之父見
其盤桓不去亦頗疑之一日登樓於篋中得生所爲
詩大駭然事巳如此無可奈何顧生亦少年標致門
戶亦甚相敵乃以書抵生之父喻其意生父如其所
請仍命媒氏通二姓之好問名納采贅以爲婿是時
生年二十有二長女年二十幼女年十八矣吳下人
多知之

鑑湖夜泛記

處士成令言不求聞達素愛岩乱山水天曆間卜居鑑湖之濱誦千巖競秀萬壑爭流之句終日遊賞不絶常乘一葉小舟不施篙櫓風帆浪楫聽其所之或觀魚水涯或盟鷗沙際或蘋洲狎鷺或柳岸聞鶯沿湖三十里飛者走者浮者躍者皆熟其狀貌與之相忘自去自來不復疑懼而樵翁耕叟漁童牧豎遇之不問老幻俱得其歡心焉初秋之夕泊舟千秋觀下金風乍起白露未零星斗交輝水天一色時聞蓮歌

淺唱應答于洲渚之間令言獨臥舟中視天漢如白練萬丈橫亘於南北纖雲掃跡一塵不起乃扣船舷歌宋之問明河之篇飄飄然有遺世獨立羽化登仙之意舟忽自動其行甚速風水俱駛一瞬千里若有物引之者令言莫測須臾至一處寒氣襲人清光奪目如玉田湛湛琪花瑤草生其中如銀海洋洋異獸神魚隱其內烏鵲群鳴白榆亂植令言度非人間披衣而起見珠宮岌然貝闕高聳有一仙娥自內而出披冰綃之衣曳霜紈之帔帶翠鳳步搖之冠躡瓊紋

九章之履侍女二人一執金柄障扇一捧玉環如意星眸月貌光彩照人行至岸側顧謂令言曰處士來何遲令言拱而對曰僕晦跡江湖忘形魚鳥素乏誠約又昧平生何以有來遲之問仙娥笑曰卿安得而識我乎所以奉邀至此者蓋以卿夙負高明久存碩德將有識悃藉卿傳之于世耳乃請令言登岸入門行數十步見一大殿榜曰天章之殿後有一高閣題曰靈光之閣閣內設雲母屏鋪玉華簟四面皆水晶簾以珊瑚鉤掛之通明如白晝梁間懸香毬二枚蘭

麝之氣芬芳滿室請令言對席坐而語之曰卿識此地乎卽人世所謂天河妾乃織女之神也此去人間已八萬餘里矣令言離夕而言曰下土愚民甘與草木同腐今夕何幸身遊天府足踐神宫獲福無量受恩過望然未知尊神欲托以何事授以何言願得一聞以釋疑慮仙娥乃低首歛躬端肅而致詞曰妾乃天帝之孫靈星之女夙禀貞性離群索居豈意下土無知愚氓好誕妄傳七夕之期指作牽牛之配致令清潔之操受此汚辱之名開其源者齊諧多詐之書

鼓其波者楚俗不經之語傅會其説而唱之者柳宗元乞巧之文鋪張其事而和之者張文潛七夕之詠强詞巧辨無以自明鄙句邪言何所不至往往形諸簡牘播於篇章有曰北斗佳人雙淚流眼穿腸斷爲牽牛又曰莫言天上稀相見猶勝人間去不回又曰未會牽牛意若何須邀織女弄金梭又曰時人不用穿針待那得心情送巧來如此類者不一而足褻侮神靈罔知忌諱是可忍也孰不可忍也今言問曰鵲橋之會牛渚之遊今聽神言審其誣矣然而姮娥月

殿之奔神女高唐之夢后土靈仇之事湘靈冥會之詩果有之乎抑未然乎仙娥憮然曰姮娥者月宮仙女后土者地祇貴神大禹開峽之功巫山實佐之而湘靈者堯之女舜之妃也是皆賢聖之倫貞烈之輩烏有如世俗所謂哉非若上元之降封涉麻姑之過方平蘭香之嫁張碩彩鸞之遇文簫情慾易生事跡難掩者也世人詠月之句曰姮娥應悔偷靈藥碧海青天夜夜心題峽之詩曰一自高唐賦成後楚鄉雲雨盡堪疑夫日月兩曜混沌之際開闢之初既已具

矣豈有羿妻之說竊藥之事而妄以孤賦獨宿侮之乎雲者山川靈氣雨者天地沛澤奈何因宋玉高唐賦之謬侮之哉輙指爲房幃之樂暱之衽席之欲慢神瀆天莫此爲甚湘君夫人賢聖之裔李群玉者果何人斯敢以淫奔之詞瀆於黃陵之廟曰不知精爽落何處疑是行雲秋色中自述奇遇引歸其身誕妄矯誣名檢掃地后土之傳唐人不敢指斥則天之惡故借名以諷之耳世俗不識便謂誠然至有常郎年少耽閒事案上休看太白經之句夫慾界諸天皆有

配耦其無耦者則無慾者也士君子於名教中自有
樂地何至造述鄙猥誣謗高明旣以欺其心又以惑
於世而自處於有過之域哉幸卿至世爲一白之無
令雲霄之上星漢之間久受黄口之讒青蠅之玷也
令言又問曰世俗之多誣仙眞之被誣今聽神言詳
其僞矣然如張騫之乘槎君平之辨石將信然歟抑
妄説歟仙娥曰此事則誠然矣夫博望侯乃金門直
吏嚴君平乃玉府仙曹轉謫人間靈性具在故能周
遊八極辨識衆物豈常人可及乎卿非三生有緣今

夕亦烏得而至此遂出瑞錦二端以贈之曰卿可歸矣所託之事幸勿相忘令言拜别登舟但覺風露高寒濤瀾洶湧一飯之頃却回舊所則淡霧初生天星漸落雞三鳴而更五點矣取錦視之與世間所織不甚相異姑藏之篋笥以待博物者辨之後遇西域賈胡試出而示焉撫翫移時改容而言曰此天上至寶非人間物也令言問何以知之曰吾見其文順而不亂色純而不雜日映之瑞氣蔥蔥而起以塵覆之則自飛揚而去以為帳幄則蚊蚋不敢入以為衣服則

雨雪不能濡隆冬御之不必挾纊而附火盛夏被之不必納涼而授風矣其蚕蓋扶桑之葉所飼其絲則天河之水所濯豈非織女機中之物乎君何從得此令言秘之不肯與語遂輕舟短棹長遊不返後二十年有人遇之於玉笥峰下顏色如渥雙瞳湛然黃冠而裘不巾不帶揖而問之則御風而去其疾如飛追之不能及矣

綠衣人傳

天水趙源早喪父母未有妻室遊學至於錢塘僑居

西湖葛嶺之上其側則賈秋壑舊宅也源獨居無聊嘗日晚倚徙門外見一女子從東來綠衣雙環年可十五六雖不盛粧濃飾姿色過人源駐目久之明日出門又見如此凡數度日晚輒來源問之曰家居何處暮暮來此女笑而拜曰兒家與君爲隣君自不識耳源試挑之女欣然而應因遂留宿甚相親暱明旦辭去夜則復來如此凡月餘與源情愛甚至源問其姓名居址女曰君但得美婦而已何用強知問之不已則曰兒常衣綠君但呼我爲綠衣人可矣終不

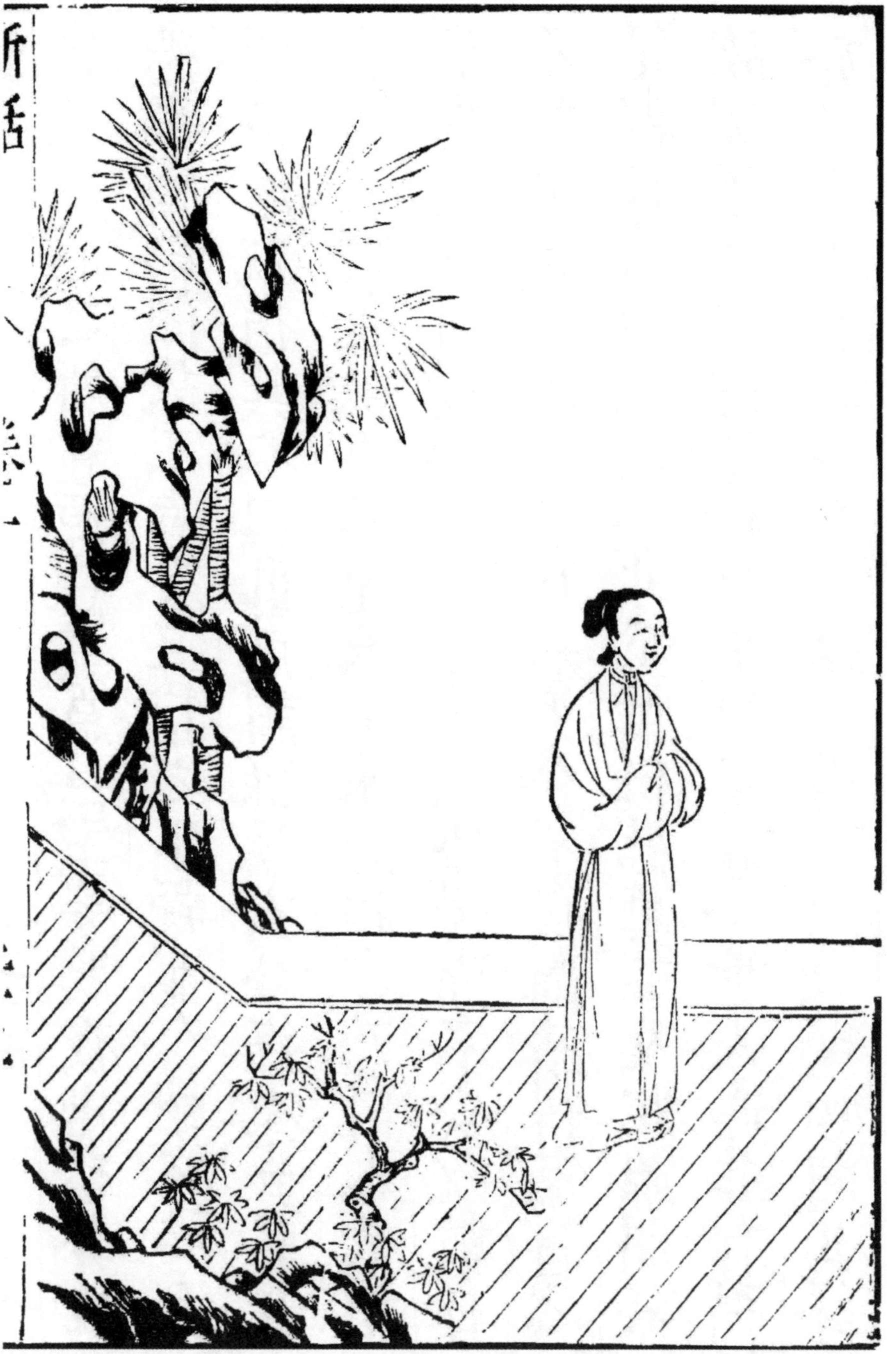

告以居址之所在源意其爲巨室妾媵夜出私奔或恐事蹟彰聞故不肯言耳信之不疑寵念轉密一夕源被酒戲指其衣曰真可謂綠兮衣兮綠衣黄裏者也女有慙色數夕不至及再來源扣之乃曰本欲相與偕老奈何以婢妾待之令人忸怩而不安故數日不敢至君之側然君已知矣今不復隱請得備言之兒與君舊相識也今非至情相感莫能及此源問其故女慘然曰得無相難乎兒實非今世人亦非有禍於君者蓋冥數當然夙緣未盡耳源大驚願聞其詳

女曰兒故宋平章秋壑之侍女也本臨安良家子少
善奕棊年十五以棊童入侍每秋壑朝回宴坐半閒
堂必召兒侍奕備見寵愛是時君爲其家蒼頭職主
烹茶每因進茶覷得至後堂君時年少美姿容兒見
而慕之嘗以繡羅錢篋乘暗投君君亦以玳瑁脂合
爲贈彼此雖各有意而府第深邃內外嚴密終莫能
得其便後爲同輩所覺嫉而譖於秋壑遂與君俱賜
死於西湖斷橋下君今以再生爲人而兒猶在鬼錄
得非命歟言訖嗚咽泣下源亦爲之動容久之乃曰

審如此則吾與汝再世因緣也當更加親愛以償疇昔之願自此遂留居源家不復更去源素不善棋教之奕盡得其妙凡平日以棋稱者皆莫能敵也每說秋螯舊事其所目擊者歷歷甚詳嘗言秋螯一日倚樓閒望諸姬皆侍適有二人葛巾野服乘小舟由湖登岸一姬曰美哉二少年秋螯曰汝願事之乎當令納聘姬笑而無言逾時令人捧一合呼諸姬至前曰適與其姬納聘及啓視之則姬之首也諸姬戰慄而退又嘗販鹽數百艘至都市賣之太學有詩曰昨夜

江頭湧碧波滿船都載相公醮雖然要作調羹用未必調羹用許多秋壑聞之遂以士人付獄置之於法又嘗於浙西行公田民受其害有題詩於路左云襄陽累歲困孤城豢養湖山不出征不識咽候形勝地公田枉自害蒼生秋壑見之捕之而遭戮又嘗齋雲水千人其數已足未有一道士衣褐甚藍縷至門求齋主者以數足不肯引入道士堅求不去不得已於門齋焉齋罷覆其鉢於案而去衆悉力舉之不動啓於秋壑自往舉之乃有詩二句云得好休時便好休

收花結子在綿州始知真仙降臨而不識也然終不踰綿州之意嗚呼孰知有漳州木綿菴之厄又嘗有梢人泊舟蘇堤時方盛暑臥於舟尾中夜不寐見三人不盈尺集於沙際一曰張公至矣如之奈何一曰賈平章非仁者決不相恕一曰我則已矣公等及見其敗矣相與泣入水中次日漁者張公獲得一鼈徑二尺餘納之府第不三四年而禍作蓋物已先知數而不可逃也源曰吾今與汝相遇抑豈非數乎女曰是誠不妄矣源曰然則汝之精氣能久存於世耶女

日數至則散矣源曰然則何時女曰三年耳源固未之信及期臥病不起源爲之迎醫女不欲曰曩已與君言矣因緣之期夫婦之情其數盡乎此矣以手握源臂告之曰兒以幽冥之質得配君子荷蒙不棄周旋許時徃與一念之私俱陷不測之禍然而海枯石爛此恨難消地老天荒此情不泯今幸得續前生之好踐往世之緣三載于茲願亦足矣請從此辭毋更以爲念也言訖面壁而卧呼之而不應源大傷感爲治棺櫬而斂之將葬惟其柩甚輕啓而視之惟衣衾

在耳乃虛葬于北山之麓源感其情不復再娶投靈
[illegible]出家爲僧終其身焉

剪燈新話卷之二

山陽瞿祐宗吉著

新安黄正位黄叔校

令狐生冥夢録

令狐譔者剛直之士也生而不信神明傲誕自得有言及鬼神變化幽冥果報之事必大言折之所居鄰近有烏老者家本巨富貪求不止敢爲不義凶惡著聞一夕病卒卒之三日而再甦人問其故則曰吾死之後家人多焚楮幣廣爲佛事冥官喜之因是得還

新話　卷二

黄一木

耳譔聞之尤其不忿曰始吾謂世間貪官汚吏受財曲法富者納賄而得全貧者無貲而陷罪豈意冥府尤甚焉乃作詩曰一陌金錢便返魂公私隨處可通門鬼神有德開生路日月無光照覆盆貧者何緣蒙佛力富家容易受天恩早知善惡都無報多積黃金與子孫詩成復朗唫數過是夜明燭獨坐忽有二鬼使狀貌獰惡直至其前曰地府奉追譔大驚方欲辭避一人執其衣一人挽其帶驅之出門足不停地須臾已至見大官府若世間臺省之狀二使將譔入門

逢望殿上有王者被冕旒衣緋紅袍據案而坐二使
令譔伏於階下卽上致命曰奉命追令狐譔已至郎
聞王者厲聲曰既讀儒書不知自檢敢爲狂詞謗我
官府合付犁舌獄遂有鬼卒數人牽之令去譔大懼
攀挽殿檻不得去已而檻折乃大呼曰令狐譔人間
儒士無罪受刑皇天有知乞賜昭鑒見殿上有一綠
袍秉笏者號爲明法稟於王曰此人好訐若遽然加
罪必不肯伏不若令其供責所犯明正其罪當無辭
也王曰善乃有一吏操紙筆於譔前逼其供狀譔固

稱無罪不肯下筆忽聞殿上曰汝言無罪所謂一陌金錢便返魂公私隨處可通門誰所作也謨始大悟即俯伏于地而供曰伏以混沌二氣初分天地之形高下三才不設鬼神之位降自中古始肇多端焚幣帛以通神誦經文而諂佛於是名山大澤咸有靈焉古廟叢祠亦多主者蓋以群生昏墊衆類冥頑或長惡而不悛或行凶而自恣以強凌弱恃富欺貧上不忠於君親下不睦於宗黨貪財悖義見利忘恩天門高而九重莫知地府深而十殿是列設對燒舂磨之

獄具輪迴報應之科使爲善者勸而益勤爲惡者懲而知戒可謂法之至密道之至公然而威令所行既前瞻而後仰聰明所及反小察而大遺貧者入獄而受殃富者轉經而免罪惟取傷弓之鳥網漏吞舟之魚賞罰之際不宜如是至如諜者三才賤士一介窮儒左枝右梧未免兒啼女哭東塗西抹不救腸餓身寒偶以不平而鳴遽獲多言之咎悔噬臍而莫及恥搖尾而乞憐今蒙責其罪名逼其供狀伏批龍鱗探龍頷豈敢求生料虎頭編虎鬚固知受禍言止此矣伏

乞鑒之書畢吏取以進王覽訖批曰令狐譔持論頗正難以加罪秉志不回非可威屈今觀所陳實爲有理可特放還以彰愚直乃命復追烏老置之于獄而命二使送譔還家譔懇二使曰僕在人間以儒爲業雖聞地獄之事不以爲然今旣到此可一觀否二使曰欲觀亦不難但稟知刑曹錄事耳乃引譔循西廊而行至一舍文簿山積錄事處其中二使以譔入白錄事卽以硃筆批一帖付之其文若篆籀不可識二使得之與譔出府門投北行數百步見鐵城巍巍黑

霧漲天守禦者甚衆皆牛頭馬面靑體紺髮衣犢鼻
裩執狼牙棍或坐或立於門下二使以批帖示之閽
放之入見左右罪人被剝皮刺血剔心剜目叫呼怨
痛宛轉其間莫知其數苦楚之聲動地至一處見鐵
柱二縛一女人及一男子于上有夜叉剖其胷腸胃
流出復以沸湯沃之名曰洗滌譔又問其故曰此人
在世爲醫因醫此婦之夫遂與婦通已而其夫病卒
雖非二人殺之原情定罪始過於殺也故受此報又
至一處見群僧裸體諸鬼以牛馬皮覆之皆成異類

有趨趄不就者卽以鐵鞭驅之血流滿背譔又問其故曰此輩在世不耕而食不織而衣而又不受戒律犯色茹葷故今轉生異物出力以報人爾最後又至一處額曰誤國之門見數十人坐於鐵床上身具桎梏以青石爲枷壓之二使指一人示譔曰此卽宋朝秦檜也謀害岳飛迷誤其主故受其罪其餘亦皆歷代誤國之臣也每一朝革命卽驅之出令毒蛇噬其肉鐵鷹啄其髓骨肉狼籍至盡復以水神灑之隨卽旋生此輩雖歷萬億劫不可得而出世矣譔觀畢求

回二使送之至家謨顧謂曰感君相送無以爲報二使笑曰報則不敢望但請君勿更爲詩以累我爾謨亦大笑而覺乃一夢也及旦急叫烏老之家而問焉則果於是夜三更没矣

天台訪隱録

台州徐逸頗通書史以端午日入天台山採藥同行數人憚於涉險中道而還惟逸愛其山明水秀樹木陰翳進不知止且誦孫興公之賦而歎其妙曰赤城霞起而建標瀑布飛流而界道誠非虚語也更行數

里則斜陽在山飛鳥投林進無所抵退不及還矣躊躇之間忽澗水中有一巨瓢流出逸喜曰此豈有居人乎否則必琳宮佛刹也遂循澗而行不里餘至一路口以巨石爲門入數十步則豁然寬敞有居民四五十家衣冠古朴氣質純厚石田茅屋竹戶荊扉犬吠雞鳴桑麻掩暎儼然一鄉村也見逸至皆驚問曰客何爲者焉得而涉吾境逸告以入山採藥失路而至此遂皆不語漠然無延接之意惟一老人衣冠若儒者扶藜杖而前自稱太學陶上舍揖逸而言曰山

澤深險豺狼之所嘷魑魅之所遊日又晚矣若固相拒是見溺而不援也乃邀逸歸其室坐定逸起而問曰僕生於斯長於斯遊於斯久矣未聞有此鄉也敢問上舍蹙額而答曰避世之士逃難之人若述往事徒增感傷耳逸固請其故始曰吾自宋朝已卜居於此矣逸大驚上舍乃具述曰僕生於理宗嘉熙丁酉之歲既長寓名太學居率履齋以講周易爲衆所推度宗朝兩冠堂試一登省薦方欲立身揚名傳之後世不幸度皇晏駕太后臨朝北兵渡江時事大變嗣

君改元德祐之歲即挈家逃竄于此其餘諸人亦皆同時避難者也年深歲久因而安焉種田得粟採山得薪鑿井而飲架屋而息寒往暑來日居月諸但見花開爲春葉落爲秋耳不知今日是何甲子也逸曰今天子聖神文武混一華夏繼元啓運國號大明太歲在閼逢攝提格改元洪武之七載也上舍曰嘻吾止知有宋不知有元又安知今爲 大明之朝也願客爲我略陳三代興亡之故使得聞之逸乃曰宋德祐丙子之歲元兵入臨安三宮遷北是歲益王即位

于海上改元景炎未幾而卒謚爲端宗衛王繼立爲
元兵所逼赴水而死宋遂以亡實元朝至元戊寅之
歲也元既併宋奄有南北自戊寅至於至正丁未歷
甲子一周有半而滅今則　太明繼統洪武萬年之
七年也蓋自德祐丙子至於洪武甲寅上下已及百
歲矣上人聞之不覺流涕既而山空夜靜萬籟寂然
逸遂宿其室土床石枕亦甚整潔但神清骨冷不能
成其寐爾明日殺雞爲黍以瓦盆盛松醪飲逸上舍
自爲金縷詞一闋歌以侑觴曰夢覺黃糧熟往人間

曲吹別調棋翻新局一片殘山并剩水幾度英雄爭
鹿筭到今誰榮誰辱白髮書生差耐久向林間嘯傲
山間宿耕綠野飯黃犢市朝遷變成陵谷問東風舊
家燕子飛歸誰屋前度劉郎今尚在不帶看花之福
但燕麥兎葵盈目浮世光陰容易過歎人生待足何
時足樽有酒且相屬歌罷復與逸話前宋舊事亹亹
不厭乃言寶祐丙辰親策進士文天祥卷在四而理
宗易爲舉首賈似道當國時造第於葛嶺專制朝政
當時有朝中無宰相湖上有平章之句一宗室爲嶺

南縣令獻孔雀二置之半間堂下見其馴擾可愛大喜即除其人爲本郡倅襄陽之圍呂文煥募人以蠟書告急於朝其人懇於似道曰襄陽之圍六年矣易子而食析骸而爨亡在旦夕而師相方且鋪張太平迷誤主聽誠恐履霜而堅冰至剝牀而災及膚一旦虜馬渡江胡塵犯闕皮之不存毛將安傅師相亦安得久有此富貴耶遂扼吭而死謝堂乃謝后之姪殷富無比嘗夜宴客設水晶簾燒沉香火以徑尺碼碯盤盛大珠四顆光照一室不用燈燭有黃金七寶酒

甕重十數斤優人獻誦樂語即於座賜之以示修謝后臨朝夢天傾東南一人擎之力若不勝蹶而復起者三已而一日墜地傍有一人捧而奔既覺以夢遍訪于群臣得二人焉狀貌酷似擎天者文天祥捧日者陸秀夫也遂不次而用之江萬里去國都人送之郭外者千計攀轅不忍捨去城門既闔皆宿于野明旦始得入似道出督御真珠馬鞍白銀鐙建五丈飛虎旗張三簷舞鳳蓋千里馬二一馱督府之印一載制書并隨軍賞賚給以黃帕覆之都民罷市而觀出師

之盛未之有也又論當時諸臣曰陳宜中謀而不斷家鉉翁節而不通張世傑勇而不果李庭芝智而不達具是四者其文天祥乎如是者凡數百言皆歷歷可聽是夕逸又宿焉明早求歸甚切上舍乃爲古風一篇以餞之曰建炎南度多翻覆泥馬迎來御黃屋盡將舊物付他人江南自作龜茲國可憐行酒兩青衣萬恨千愁誰得知五國城邊寒月照黃龍塞止朔風吹東總計就通和好岳王賜死蘄王老酒中不用劉四廂湖上須尋宋五嫂累世内禪罷言兵八十餘

年稱太平度皇晏駕弓劍遠賢相出師笳鼓驚攜家
避世逃空谷西望端門捧鬚哭毀車殺馬斷來蹤鑿
井耕田聊自足南鄰北舍自成婚遺風彷彿朱陳村
不向市中供賦役只從屋底長兒孫喜君涉險來相
訪問舊頻扶九節杖時移世換太息怜物是人非愈
惆悵感君爲我暫相留野簌山殽備獻酬舍下雞肥
不用買床頭酒熟不用沽君到人間頻致語今遇昇
平樂安處相逢不用苦相疑我輩非仙亦非鬼遂送
逸出路口揮袂而別逸沿途每五十步插一竹枝以

記之到家數日乃具酒醴携殽饌率家僮輦費往訪之則重岡疊嶂不復可尋豐草喬林絶無蹤跡往來於樵溪牧逕之間但聞谷鳥飛鳴嶺猿哀嘯而已竟惆悵而歸逸念上舍自言生於嘉熙丁酉至今則百有四十歲而顏貌不衰正若五六十者其有道之流歟

滕穆醉遊聚景園記

延祐初永嘉滕生名穆年二十六美風調善吟詠爲衆所推重素聞臨安山水之勝思一遊焉甲寅歲科

黃應忠鐫

舉之詔與遂以鄉書赴薦至則僑居湧金門外無日
不徃於南北兩山及湖上諸剎靈隱天竺淨慈寶石
之類以至玉泉虎跑天龍靈鷲石屋之洞冷泉之亭
幽澗深林懸崖絕壁足殆將遍焉七月之望於麴院
賞蓮因而宿湖泊舟雷峰塔下是夜月色如晝荷香
滿身時聞大魚跳擲於波間宿鳥飛鳴于岸際生已
大醉寢不能寐披襟而起遶堤觀望行至聚景園信
步而入是時宋亡已四十年園中臺館如會芳殿清
虛閣翠光亭皆已頹毀惟瑤津西軒巋然獨存生至

軒下倚欄少憩忽見有一美人先行一侍女隨之自外而入風鬟霧鬢綽約多姿望之殆若神仙生於軒下屏息以觀其所爲美人曰湖山如故風景不殊但時移世換令人有黍離之悲爾行至園北太湖石畔遂詠詩曰湖上園亭好重來憶舊遊徵歌調玉樹閱舞按梁州徑狹花迎輦池深柳拂舟昔人皆已歿誰與話風流生放逸者初見其貌已不能定情及聞此作技癢不可復禁即於軒下續吟曰湖上園亭好相逢絕代人嫦娥辭月殿織女下天津未會心中意渾

疑夢裏身願吹鄒子律幽谷發陽春吟已卽趨出赴之美人亦不驚訝但徐言曰固知郎君在此特來尋訪耳生問其姓名美人曰妾棄人間已六十年矣欲自陳叙誠恐驚動郎君生聞此言審其爲鬼亦無所懼固問之乃曰芳華姓衛故理宗朝宮人也年二十三而殁殯于此園之側今晚因往演福訪賈貴妃蒙延坐久不覺歸遲致令郎君於此久待卽命侍女曰翹翹可於舍中取茵席酒果來今夜月色如此郎君又至不可虚度可便於此賞月也翹翹應命而去須

吏以氍毹鋪於中庭設白玉碾花樽碧琉璃盞醪醴馨香聞于空際與生談謔笑咏言詞清婉復命翹翹歌以勸酒翹翹請歌柳耆卿望海潮詞美人曰對新人不宜歌舊曲郎于座上自製木蘭花慢一闋令翹翹歌之曰記前朝舊事曾此地會神仙向月砌雲堦重携翠袖來拾花鈿繁華總隨流水歎一塲春夢杳難圓廢港芙蕖滴露斷堤楊柳垂烟兩峰南北只依然輦路草芊芊悵别館離宮烟銷鳳蓋波没龍船平生銀屏金屋對漆燈無焰夜如年落日牛羊隴上西

風燕雀林邊歌竟美人潸然出淚生言慰解仍以微
詞挑之以觀其意卽起謝曰殂謝之人久爲壓土若
得奉事巾櫛死且不朽且郎君適間詩句固已許之
矣願吹鄒子之律而一發幽谷之春也生曰向者之
詩率口而成實本無意豈料便爲語讖良久月隱西
垣星沉北嶺卽命翹翹撤席美人曰敝居僻陋非郎
君之所處只此西軒可也遂與生携手而入息于軒
下交會之事一如人間將旦揮淚而別明日生往訪
于園側果有宋宮人衛芳華之墓墓左一小丘則翹

翹墓也生感歎逾時至暮又赴西軒則美人已先在矣謂生曰日間感君相訪然而妾止卜其夜未卜其晝故不敢奉見數日之後當得無間矣是後生無夕而不往一旬之後白晝亦見生遂携歸所寓安焉已而生下第東歸美人願隨之去生問翹翹何以不從曰妾既奉侍君子舊宅無人留之看守耳生遂與之回鄉里見親黨詒之曰娶於杭郡之良家衆見其舉止溫柔言詞慧利信且悅之美人處生之室奉長上以禮待婢僕以恩左右鄰里俱得其歡心且又勤於

治家潔於守已雖中門之外未嘗輕出衆咸賀生得内助荏苒三載當丁巳歲之中秋又治裝赴浙省鄉試行有日矣美人請於生曰臨安妾鄉也從君至此已得三秋今而君往願得一歸以訪翹翹也生許諾遂買舟同載直抵錢塘僦屋居焉至之明日適值七月之望美人謂生曰三年前曾於今夕與君相會今而適當其期欲與君一往聚景園再續舊遊可乎生如其言載酒而往至晚東城月上南浦荷香露柳煙篁動搖堤岸宛具昔時之景行至園前則見翹翹迎

拜於路左曰娘子陪侍郎君遨遊郡邑首尾三年已極人間之樂獨不念舊居乎三人入園同至西軒而坐美人忽涕淚俱下而告生曰感君不棄侍奉許時未遂深歡又當永别生曰何故對曰妾本幽冥之質久踐陽明之世甚非所宜特以與君有夙世之緣故冒犯條律以相從耳今而緣盡自當奉辭生驚問曰然則何時對曰正在今夕矣生悽惶不忍美人曰妾非不欲終事君子永奉蘋蘩然而程命有限不可違越若更遲留須當獲咎非止有損於妾亦當不利於

君豈不見越娘之事乎生意稍悟然亦悲怨悽惻徹曉不眠及山寺鐘鳴水村雞唱急起與生撫抱爲別以所御玉指環繫生衣帶曰異日見此毋忘舊情遂分袂而去然猶頻頻回顧良久始滅生慟而返翌日具肴醴焚紙錢于墓下作文以吊祭之曰惟靈生而淑美出類超群稟奇姿於仙聖鍾秀氣於乾坤燦然如花之麗粹然如玉之溫達則天上之金屋窮則路左之荒墳托松栢而共處對孤兎之群奔落花流水斷雨殘雲中原多事故國無君撫光陰之過隙視日

月之奔輪然而三靈不泯一性長存不必徒少翁之
奇術自能返倩女之芳魂玉匣驂鸞之扇金泥撲蝶
之裙聲泠泠兮瑤珮香藹藹兮蘭蓀方欲同歡而共
老奈何既合而復分兮步洛妃凌波之韈赴王母瑤池
之樽卽之而無所覩叩之而不復聞悵後會之莫續
痛前事之誰論鎖楊柳春風之院閉梨花夜雨之門
恩情斷兮天漠漠哀愁結兮雲昏昏音容杳而莫接
心緒亂而紛紜謹含哀而奉弔庶有感於斯文嗚呼
哀哉尚饗從此遂絕矣生獨居旅邸如喪配耦詠期

既迫亦無心入院惆悵而歸覲黨問其故方始具言之衆共歎異生後終身不娶入鴈蕩山採藥遂不復還

牡丹燈記

方氏之據浙東也每歲元夕於明州張燈五夜傾城士女皆得縱觀至正庚子之歳有喬生者居鎮明嶺下初喪其耦又無父母鰥居無聊不復出遊但倚門佇立而已十五夜三更盡行人漸稀見一丫鬟手執雙頭牡丹燈前導一美人在其後約年十七八紅裙

綠衫婷婷嬝嬝迤邐投西而去喬生於月下視之顔貌無比神魂飛蕩不能自制乃尾之而去或先之或後之行數十步女忽回顧而微笑曰初無桑中之期乃有月下之遇似非偶然也生即趨前揖之曰敝居咫尺佳人可能回顧否女初無難意即呼丫鬟曰金蓮可挑燈同往也於是金蓮復回生與女携手至家極其歡樂自以爲巫山洛浦之遇不是過也生問女姓名居址女曰妾姓符麗卿其字淑芳其名故奉化州判之女也先人既沒家事零替既無伯叔終鮮兄

弟止妾一身遂與金蓮僑居湖西爾生留之宿態度溫和詞氣婉娩低幃暱枕甚極歡愛天明泣別而去及暮則又至如是者將及半月隣翁疑焉穴壁而窺之則見生與一粉粧髑髏對坐於燈下大驚明旦詰之諱不肯言隣翁曰嘻子禍矣人乃至盛之純陽鬼乃幽陰之邪穢今子與幽陰之魅同處而不知邪穢之物同宿而不悟一旦真元耗盡災禍來臨惜乎以青春之年而遽為黃壤之客也可不悲夫生始驚懼備言其詳隣翁曰彼言僑居湖西當往訪問有無則

可知矣生如其教逕投月湖之西徃來於高橋之下長堤之上訪於居人言並無問於過客言未有日將夕矣乃入湖心寺少憩焉行遍東廊復過西廊廊盡得一暗室見有旅櫬白紙題其上曰故奉化符州判女麗卿之柩柩前懸一雙頭牡丹燈燈下立一冥器婢子背上有二字曰金蓮生大駭毛髮盡竪寒粟滿身急出寺不敢回顧是夜借宿隣翁之家憂懼之色可掬隣翁曰玄妙觀魏法師故開府王眞人弟子也符籙爲當今第一汝宜急徃求焉明旦生徃觀內法

師望見其至驚曰妖氣甚濃何為來此生拜于牀下具述其由法師以硃符二道付之令其置一于門一懸于室仍戒生不得再遊湖心寺生受教而歸如言安頓是後果不來矣一月有餘生往袞繡橋訪友留飲而醉都忘法師之戒竟取湖心寺路歸家將至寺門忽見金蓮迎拜于前曰娘子久待何一向無情如是忘其所以與之入西廊直至室中女數之曰妾與君素非相識偶於燈下一見感君之意遂以全體事之暮往朝來於君甚不薄奈何因妖道士之言遽生

疑惑便欲永絶薄倖如是妾恨君深矣今幸得遇豈
能相舍即握手入至柩前柩忽自開擁之同入隨即
閉矣生遂死于柩中隣翁恠其不歸遠近詢問及至
寺中停柩之室則見生之衣裾微露於柩外急請寺
僧而發之死已久矣與女之尸俯仰卧于内女貌如
生焉寺僧歎曰此奉化州判符君之女也死時年十
七權寄於此舉家北遷竟絶音耗至今十有二年矣
不意作恠如是遂舉生之尸及女之柩同葵於西門
之外是後雲陰之晝月黑之宵往往有人見生與女

携手同行一丫鬟挑雙頭牡丹燈前導遇之者輙得
重病薦以功德祭以牲醴庶得少安否則不起矣居
人大懼竟往玄妙觀謁魏法師而訴焉法師曰吾之
符籙止能治其未然今祟成矣非吾之所知也聞有
鐵冠道人者居四明山頂考校鬼神法術靈驗汝輩
可往求之衆遂至山攀緣藤葛驀越溪澗直至絕頂
果有草菴一所道人凭几而坐方看童子調鶴衆羅
拜于菴下告以來故道人曰山林隱士旦暮且死烏
有奇術君輩過聽矣拒之甚嚴衆曰某本不知蓋玄

妙觀魏法師所指教爾始徹悟曰老夫不下山已六十年小子饒舌令我不得辭避即與童子下山逕至西門外結方丈之壇居中而坐書符焚之忽見將吏數輩出而請命黃巾錦襖金甲雕戈皆丈餘屹立壇下其貌甚恭道人曰此間有邪祟爲禍驚動居民汝輩豈不知也疾驅之至受命而往須臾以枷鎖押生與女併金蓮俱到鞭箠揮擊流血淋漓道人呵責令其供罪將吏以紙筆授之三人遂各供數百言今不盡載述其略於此喬生供曰伏念某喪室鰥居倚門

獨立犯在色之戒動多慾之求不能效孫生之見兩頭蛇而決斷乃致如鄭子之遇九尾狐而愛憐事既莫追悔將奚及符女供曰伏念某青年棄世白晝無隣六魄雖離一靈未泯燈前月下逢五百年歡喜寃家世上民間作千萬人風流話本迷不知返罪安可逃金蓮供曰念某殺青爲骨染素成胎墳壠埋藏是誰作俑而用面目機發比人具體而微既有名字之呼可無靈識之異因而得計豈敢爲妖供畢將吏取呈道人以巨筆判曰蓋聞大禹鑄鼎而神姦鬼秘莫

得逃其形溫嶠然犀而水府龍宮俱得現其狀惟幽
冥之異路乃詭怪之多端遇之者不利於人遭之者
有害於物故大厲入門而晉景沒妖豕啼野而齊襄
殂降禍為灾興妖作孽是以九天設斬邪之使十地
列罰惡之司使魑魅魍魎無以容其奸夜叉羅刹不
得肆其虐矧此清平之世綱紀之朝而乃變幻形軀
依附草木天陰雨濕之夜月落參橫之時嘯於梁而
有聲窺其室而無覩蠅營狗苟羊狠狼貪疾如飄風
烈如猛火喬家子生猶不悟死何惜焉符氏女死尚

貪淫生可知矣況金蓮之怪誕乃冥器之妖精惑世欺人違條犯法狐綏綏而有蕩鶉奔奔而無良惡以難容罪不可赦陷人坑從今塡滿迷魂陣自此打開燒毀雙明之燈送入九幽之獄判詞已具主者奉行急急如律令即見三人悲啼宛轉爲將吏驅迫而去道人拂袖入山明日衆往謝之不可復見止有草菴存焉急往玄妙觀訪魏法師而問之則病瘖不能言矣

渭塘奇遇記

至順中有王生者本仕族子居于金陵貌瑩寒玉神凝秋水姿狀甚美衆以奇俊王家郎稱之年二十未娶有田在松江因往收租回舟過渭塘見一酒肆青旗出於簷外朱欄曲檻縹緲如畫衰柳枯槐黄葉交墜芙蓉數十株顔色或深或淺紅葩綠水高下相暎白鵝一群遊泳其下生泊其舟岸側登肆沽酒斫巨螯之蟹膾細鱗之鱸果則綠橘丹橙蓮塘之藕松坡之栗以花磁盞酌真珠紅酒而飲之肆主亦富家其女年十八知音識字態度不凡見生在座頻於幕下

黃一森

窺之或出半面或露全軀去而復來終莫能捨生亦留神注意彼此目視者久之已而酒盡出肆怏怏發舟如有所失是夜遂夢至肆中入門數重直抵屋後始至女室乃一小軒也軒之前有葡萄架下鑿池方圓盈丈以石甃之養金鯽其中池左右植垂絲檜二株綠陰婆娑靠牆結一翠栢屏屏下設石假山三峰岌然競秀草皆金絲線綉墩之屬霜露不能凋窓間掛一雕花籠籠內畜一綠鸚鵡見人能言軒下垂小木鶴二銜線香而焚之案上立一古銅瓶揷孔雀尾

數根其傍則筆硯之類皆極濟楚架上横一碧玉簫女所吹也壁上貼金花牋四幅題詩于上詩體則效蘇東坡四時詞字畫則似趙松雪不知是何人之所作也第一幅云春風吹花落紅雪楊柳陰濃啼百舌東家蝴蝶西家飛前歲櫻桃今歲結鞦韆蹴罷鬢鬆影粉汗凝香沁綠紗侍女亦知心内事銀瓶汲水煮新茶第二幅云芭蕉葉展青鸞尾萱草花含金鳳嘴一雙乳燕出雕樑數點新荷浮綠水困人天氣日長時針線慵拈午漏遲起向石榴陰下立戲將梅子打

鶯兒第三幅云鐵馬聲喧風力緊雲窗夢破鴛鴦冷
玉爐燒麝有餘香羅扇撲螢無定影洞簫一曲是誰
家河漢西流月半斜要染纖纖紅指甲金盆夜搗鳳
仙花第四幅云山茶半開梅半吐風吹簾旌雪花舞
金盤冒冷雪狻猊繡幕圍春護鸚鵡倩人呵手畫雙
眉脂水凝寒上臉遲粧罷扶頭重照鏡鳳釵斜亞瑞
香枝女見生至與之承迎握手入室極其歡誼會宿
於寢已而遂覺乃困於蓬底爾是後歸家無夕而不
夢焉一夕見架上玉簫索女吹之女為吹落梅風數

閿音調劉亮響徹雲際一夕女於燈下綉紅羅鞋牛
刖燈花誤落于上拂之不去遂成油暈一夕女將所
帶紫金碧甸指環贈生生解水晶雙魚扇墜酬之既
覺指環果在手急取扇墜視之無矣生大以爲奇遂
効元稹體續賦會眞詩三十韻曰有美閨房秀天人
謫降來風流原有種慧黠更多才碾玉成仙骨調脂
作艷胚腰肢風外柳標格雪中梅合置千金屋宜登
七寳臺嬌姿應自許妙質孰能陪小小乘油壁眞眞
醉綵灰輕塵生洛浦遠道接天台放燕簾高捲迎人

戶半開蕭蒲難見面荳蔻易含胎不待金屏射何勞
玉子裁偷香渾似賈待月又如崔簫許秦宮奪琴從
卓氏猜鶯聲傳縹緲燭影照徘徊窓薄涵魚鯱爐高
噴麝煤眉横青岫遠鬢嚲綠雲堆釵玉輕輕製衫羅
窄窄裁文鴛遊浩蕩瑞鳳舞毰毸恨積鮫綃帕歡傳
琥珀杯孤眠憐月姊多恣笑河魁化蝶能通夢遊蜂
浪作媒雕欄行共倚繡褥坐相猥啖蔗逢佳境留環
獲異財綠陰鶯並宿紫氣劒雙埋良夜難虛度芳心
未肯摧殘粧猶在臂別淚已凝腮漏點何須促鐘聲

且莫擺峽中行雨過陌上看花回才子能知爾愚夫可語哉多生曾種福親得到蓬萊明年再往收租復過其處則肆翁大喜延之入室生僞爲不解意者逡巡不敢進翁乃告曰某有一女未曾適人去歲君子於此飲酒偶有所見不能定情因遂成疾長眠獨語如醉如痴日昨忽言郎君至矣宜往候之初以爲狂言不之信今日君子果涉吾地是天假其靈而賜之便也因問生娶未生對未娶又問生門閥世族甚喜即引生入室至女所居軒下門窗户檻則皆夢中所

歷也草木池沼器用什物又皆夢中所見也女聞生至盛粧而出衣服之華簪珥之飾又皆夢中所識也女言去歲自君去後思念至切每夜夢中與君相會不知何故生曰我夢亦如之女遂述吹簫之曲綉鞋之事無不脗合者又出水晶雙魚扇墜以示生生亦舉紫金碧甸指環以問之彼此大驚以爲神契遂與生爲夫婦于飛而還終以偕老可謂奇遇矣

剪燈新話卷之二終

剪燈新話卷之三

山陽瞿　祐　宗吉著
新安黄正位　黄叔校

富貴發跡司志

至正丙戌秦州士人何友仁爲貧寠所迫不能聊生因謁城隍祠過東廡見一司題額曰富貴發跡司友仁禱於神像之前某生世四十有五寒一裘暑一葛朝晡飯一盂初無過用妄爲之事然而遑遑汲汲常有不足之意冬暖而愁寒年豐而苦饑出無所依之

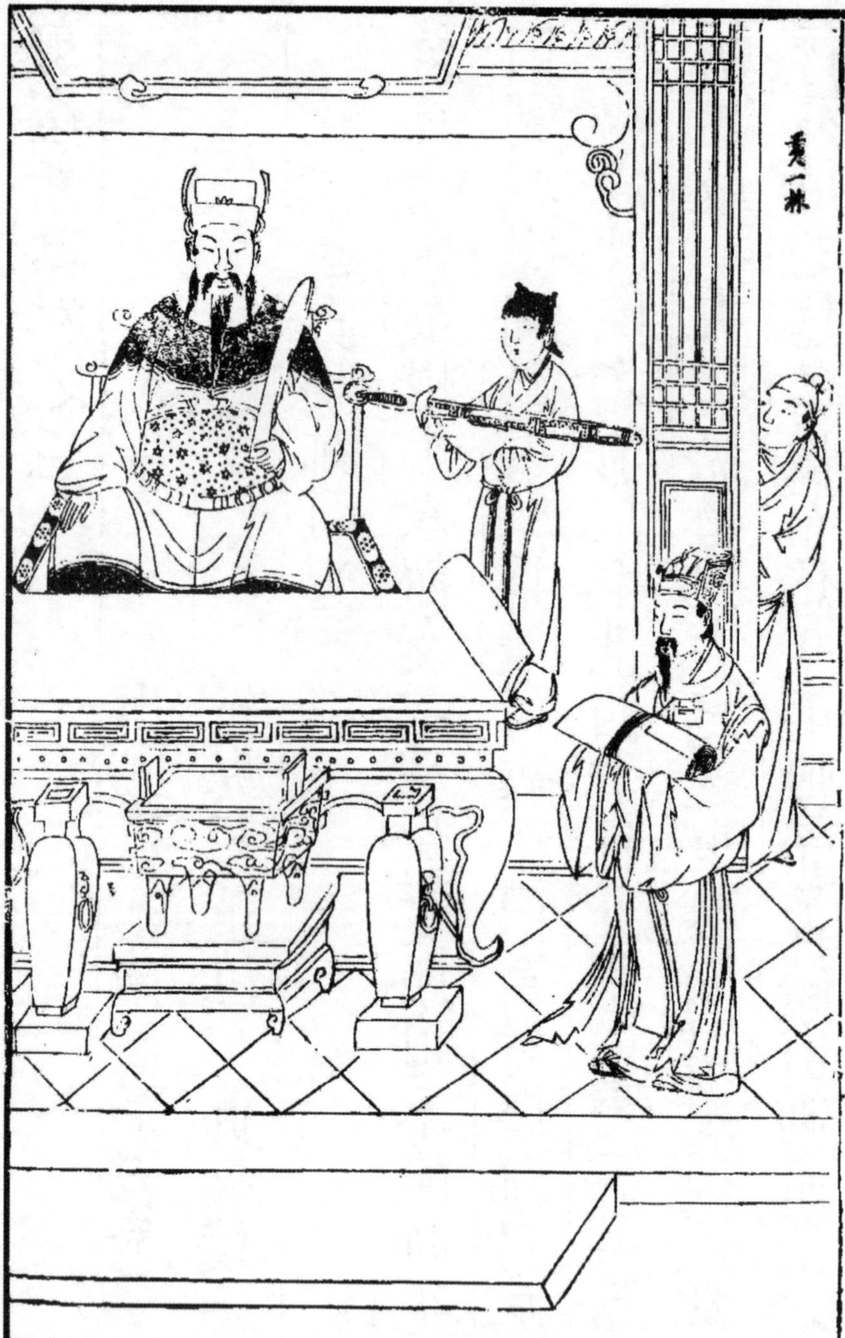
黄一彬

投處無蓄積之守妻孥賤棄鄉黨絕交困迫艱難無所告訴側聞大王主富貴之案掌發跡之權叩之如有聞焉求之無不獲者是以不避呵責冒犯威嚴屏息庭前鞠躬戶下伏望告以儻來之事諭以未至之機指示迷路提携晦迹使枯魚蒙斗水之活困鳥托一枝之安敢不拜賜知恩仰感洪造如或前事有定後路無由大數既以難移薄命終於不遇亦望明彰報應使得預知禱畢踡伏案幙之內是夜東西兩廡左右諸曹皆燈燭熒煌人物駢雜或施鞭朴而問勘

或遣吏卒而勾追喧閧叫呼洋洋盈耳惟友仁所處之司不見一人亦無燈火獨處暗中時及半夜忽聞呵喝之音初遠漸近將及廟門諸司判官皆趨出迎及入見紅燭兩行儀衛甚衆府君朝衣端簡登正殿而坐判官輩參見既畢皆回局治事而發跡司判官自殿上而來蓋適從府君朝天始回耳坐定有判官數人皆幞頭角帶服緋緑之衣入戶相見各述所治之事一人曰某縣某戶藏米二千斛近因水旱相繼米價倍增鄰境闕糴遂有餓莩爾乃開倉以賑之但

取原價不求厚利又爲饘粥以濟饑民蒙活者頗衆昨縣神申於本司本司呈於府君聞已奏之天庭延壽三紀賜祿萬鍾矣一人曰某村某氏奉姑甚孝其夫在外而姑得重痼醫卜無効焚香祝天願以身代割股以進因遂得愈昨天符行下云某氏孝通天地誠格鬼神令生貴子二人皆食君祿光大其門終爲命婦以報之府君下於本司今已著之福籍簿矣一人曰某姓某官爵位已崇俸祿亦厚不思報國惟務貪饕受鈔三百錠枉法斷公事取銀五百兩非理害

良民府君奏於上界即欲加罪緣本人福祿未艾故
遲之數年使受滅族之禍今早奉命記於惡簿惟候
其時矣一人曰其鄉某甲有田數十頃而貪求不已
務爲兼并隣人之田與之接壤欺其勢孤無援賤價
售之又不還其直令其憤怨而死冥府移文勾攝本
司差人管押前去聞已化身爲牛托生隣家塡其所
負矣諸人言叙既畢簽跡司判官忽揚眉盱目咄嗟
長歎而謂衆賓曰諸公各守其職各行其事褒善罰
惡可謂至矣然而天地運行之數生靈厄會之期國

統漸衰大難將作雖諸公之語理其然之何襃曰何
謂也對曰吾適從府君上朝帝所聞衆聖論將來之
事數年之後兵戎大起巨河之南長江之北合屠戮
人民三十餘萬當是時也自非積善累仁忠孝純至
者不克免焉豈生靈寡祐當其塗炭抑運數已定莫
之可逃乎衆皆嚬蹙相顧曰非所知也遂各散去友
仁始於案下匍匐而出拜述厥由判官熟視良久命
小吏取簿籍至親自檢閱謂友仁曰君後大有福祿
非久於貧賤者從此以往當日勝一日曉曨向明矣

友仁願示其詳遂取朱筆書一十六字以授之曰遇
日則康遇月則發遇雲而衰遇電而沒友仁置之于
懷再拜辭出行及廟門天色漸曙急探其中則無有
矣歸而話於妻子以自慰不數日郡有大姓傅日英
者延之於家以誨子弟月俸束脩五錠家道稍康凡
居其門數載已而高郵張士誠起兵元朝命丞相脫
脫討之太師達理月沙頗知書好士友仁獻策於馬
首稱其意薦於脫公卽署隨軍參謀車馬僕從一旦
赫然及脫公徵還友仁遂仕於朝踐履館閣經歷省

院可謂貴矣未幾授文林郎內臺御史同列有雲石
不花者與之不相投搆於大官黜爲雷州錄事友仁
憶判官之言日月雲三字皆已應矣深自戒懼不敢
爲非到任二年有事申總管府吏具牘以進友仁自
署銜曰文林郎雷州錄事司錄事何某揮筆之際風
吹紙起於雷字之下曳出一尾宛然成一電字大惡
之亟命易去是夜感疾自知不起處置家事訣別妻
子而終因詳判官所述衆聖之語將來之事蓋至正
辛卯之後張氏起兵淮東　國朝創業淮西攻圍爭

奪戰陣相繼沿淮諸郡多被其禍死於亂兵者何止三十萬焉以是知普天之下率土之上小而一身之榮瘁通塞大而一國之興亡治亂皆有定數不可轉移而妄庸者乃欲輒施智術於其間徒自取囹圄

永州野廟記

永州之野有神廟背山臨水川澤陰陰叢茅綠草一望無際大木參天而蔽日者不知其數風雨往往生於其上人皆畏而事之過者必以牲牢獻于殿下始克往來如或不然則風雨暴至雲霧晝暝咫尺不辨

黄一林

隨失其人如是者有年矣大德間書生畢應祥有事之衡州道由廟下囊橐貧匱不能設奠但致敬而行未及數里大風振作吹砂走石玄雲黑霧自後擁至回顧見兵甲甚衆追者可千乘萬騎自分必死平日能誦玉樞經事勢既迫且行且誦不絕於口須臾則雲收風止天地開闢所追兵騎不復有矣僅而獲全得達衡州過祝融峰謁南岳祠偶憶前事具狀焚訴是夜夢駛卒來邀與之俱行至一宮殿侍衛羅列司局分布駛卒引立大庭下見殿上掛玉珊簾簾內設

黃羅帳燈燭熒煌恍若白晝嚴邃整肅寂而不譁應
詳莫敢仰視屏息候命俄有一吏朱衣角帶自內而
出傳呼曰得旨問與何人有訟伏而對曰身爲寒儒
性又愚拙不知名利之可求豈有田宅之足競布衣
蔬食守分而已且又未嘗一入公門無以仰答威問
吏曰日間投狀理會何事應祥始憶其故稽首而白
曰實以貧故出境投人道由永州過神祠下行囊空
竭不能以牲醴祭饗觸神之怒風雨暴起甲兵追逐
狼狽顛踣幾爲所及驚怖不已無處申訴以致搪突

聖靈誠非獲已吏入少頃復出言曰得旨追對即見
吏士數人騰空而去未幾押一白鬚老人烏帽道服
跪於階下吏宣旨責之曰爾為一方神祇衆所敬奉
奈何輒以威禍恐人求其祭享迫此儒士使幾陷死
地貪婪若此何所逃刑老人拜而告曰某實永州野
廟之神也然而廟為妖蛇所據已有年矣力不能制
廢職已久向者驅駕風雨邀求奠爵皆此物所為非
某之罪吏復責之曰事既如此何不早陳對曰此物
在世已及千年興妖作孽無與為比社鬼祠靈靡其

約束神敎毒虺受其指揮每欲奔訴及至中途多方攔截終不能焉今者非神使來追亦烏得而到此也卽聞殿上宣旨令吏士追勸老人拜懇曰妖孽已成輔之者衆吏士雖往終恐無益自非神兵勦捕不可得也殿上如其言命一神將統兵五千而往久之始回見數十鬼卒以大木舁一蛇首而至乃一朱冠白蛇也置于庭若五石缸焉吏顧應祥令還欠伸而覺汗流被體及事畢回途再經其處則殿宇神像無存問於村甿則曰某夜三更後雲霧晦冥風雨大作殺

伐之聲震動遠近明晨往視之則神廟蕩爲灰燼片瓦不遺矣一巨蛇長數十餘丈死於林木之下而無其首其餘小蛇死者無數考其日正感夢時也應祥歸家白晝閒坐忽見二鬼使逕前曰陰府屈君對事即挽其臂而往及至見王坐于大廳廳下以鐵籠罩一白衣絳績丈夫其形甚偉自陳在世無罪爲書生畢應祥枉告于南嶽以致神兵下伐舉族誅夷巢穴一空今寃實甚應祥聞言知其爲妖蛇乃具述其害人禍物興妖作孽之事對辯於鐵籠之下往返甚苦

終不肯服王者命吏移關南岳衡山府及下永州城隍司照勘其事已而衡山府回關城隍司牒申與應祥所言略同方始詞塞王者大怒叱之曰生既爲妖死猶妄訴押赴酆都永不出世即有鬼卒數人疾驅之去王謂應祥曰勞君一行無以相報命吏取畢姓籍簿來檢應祥名姓於下批八字除妖去害延壽一紀應祥拜謝而返及門而悟乃曲肱几上爾

申陽洞記

隴西李生名德逢年二十五善騎射以膽勇稱然而

黃鈴

不事生產爲鄉黨賤棄天曆間父友有任桂州監郡者因往投焉至則其人已没流落不能歸郡多名山生日以獵射爲事馳騁出没未嘗休息自以爲得所樂焉有大姓錢翁者有貲産雄于郡止有一女年及十七愛之甚至未嘗令其窺門雖親戚姻黨亦罕見之一夕風雨晦暝失女所在門窓户闥扃鐍如故莫知所從往聞於官禱於神訪于四鄰並無蹤跡翁念女至甚設誓曰有能知女所在者願以家財一半給之并以女妻焉雖尋求之意甚切而荏苒將及半載

竟絶影響生一日出城射獵遇一麞逐之不捨遂越數峰深入窮谷終莫能及日已曛黑又迷來路彷徨於斷壠廻岡之側莫知所適已而烟昏雲暝虎嘯猿啼遠近晦然於一更之後遥望山頂見一古廟委身投之行一里許纔至塵埃堆積墻壁傾頽獸蹄鳥跡交雜於中生雖甚怖然無可柰何少憩廡下將以待旦未及瞑目忽聞傳道之聲自遠而至生念深山靜夜安得有此疑其爲鬼神又恐爲刼寇乃攀緣欄楯伏于梁間以窺其所爲須臾及門有二紅紗燈籠前

導爲首者頂三山冠裹紅抹額披淡黃袍束碧玉帶逕據神案而中坐復有十餘輩各執器具羅列階下威儀雖甚整肅而狀貌則皆猳玃之類也生知其爲妖魅遂取腰間箭持滿一發正中坐者之臂失聲而走群黨一時潰散不知所之久之寂然乃假寐以待旦時見神案邊鮮血點點從大門而出淋漓不絕循山而南將及五里得一大穴血蹤由是而入生往來穴口顧盼之際草根柔滑不覺失足而墜乃萬仞之坑也仰視不見天日自分必死傍邊微覺有路尋

路而行轉入幽邃咫尺不辨行及百步豁然明朗見一石室榜曰申陽之洞守洞者數人皆紅帕抹額一如昨夕廟中覩者見生驚曰子爲何人而遽至此生磬折而答曰下界凡根罪該萬死神官見問謹以實對久居城市以醫爲業因乏藥材入山採拾貪多務得進不知止不覺失足誤墮於斯觸冒尊靈乞垂寬宥因俯伏在地守門者聞言似有喜氣即呼之起曰君旣業醫能爲人治療乎生曰此予分內事也守門者大喜遽以手加額仰天而祝曰天也生問其故曰

吾君申陽侯昨因出遊誤爲流矢所中臥病在床而
君惠然來斯是天以神醫見貺也乃邀生坐于門下
踉蹌趨入以告於內頃之出而傳主之命曰僕不善
攝生自貽伊戚禍及股肱毒流骨髓厄運莫逃殘生
殆盡今而幸逢神醫獲賜仙劑是受病者有再生之
樂而治病者有全生之功也敢不忍死而待生遂攝
衣而入度重門入曲房帷幄衾褥極其華麗見一老
獮猴偃坐石榻之上呻吟之聲徹於遠近美女三人
侍側皆絕色也生診其脈撫其瘡詭曰無傷也子有

仙藥非徒治病兼能度世服之可以後天不老而凋三光矣今之相遇蓋亦三生有緣爾遂傾囊出藥令其服之群妖聞度世之說喜得長生皆羅拜於前曰尊官信是神人今幸相遇吾君既獲仙藥服餌吾等獨不得霑刀圭之賜乎生遂盡其所有徧賜之焉皆踴躍爭奪惟恐不預其藥蓋毒之尤者用以淬箭鏃而射鷙獸無不應弦而倒少頃群妖一時臥地昏憊無知矣生顧見寶劍懸于壁間取而悉斬之凡獼猴大小一十六頭疑三女爲妖欲併除之皆泣而言曰

妾等皆人非魅也不幸爲妖獲所取久在坑穽求死不得今而君能爲妾除害即妾等再生之主也敢不惟命是聽問其姓名居止其一則錢翁之女其二亦皆郡邑良家也生雖能去群妖然終無計可出尼處其間閱三晝夜憒悶之際忽有老父數人不知自何來皆長髯濃鳥喙身披褐裘扶仗傴僂推一白衣者居前向生而拜曰吾等是虛星之精久有此土近爲妖獲所據吾力弗敵是用屏避他所俟其便而圖之不意君能爲我掃除雖然蕩滌凶邪敢不致謝乃於袖

中各出徑寸珠置于生前生曰若等既有神通何乃見困於彼自伏孱弱耶白衣者曰吾壽止五百歲彼已八百歲是以劣焉然吾等居此與人無害也功成行滿當得飛遊諸天出入自在耳非若彼之貪淫暴橫害人禍物今其稔惡不已舉族殲夷蓋亦獲罪於天故假手於君耳不然彼之凶惡抑豈君之能制耶生曰此洞名申陽其義安在曰猴乃申屬故假以為名耳非吾土之舊號也生曰此地既為若等素有子乃世人誤陷於此但得指引歸路餘皆不願也曰果

欲如是亦何難哉但閉目半餉耳生如其言但聞疾風暴雨之聲聲止開目見一大白鼠在前群鼠如豕者數輩從之旁穿一穴達于路口生挈三女以出叩錢翁之門而歸焉翁大驚喜即納為壻其二女之父母亦願從之生一娶三女富貴赫然後復至其處求訪穴口則喬木豐草遠近如一無復舊蹤矣

愛卿傳

羅愛愛嘉興名娼也色貌才藝獨步一時而又性識通敏工於詩詞是以人皆敬而慕之稱為愛卿佳篇

麗什傳播人口風流之士咸脩飾以求狎懵學之輩自視觖然郡中名士嘗以季夏望日會於鴛湖淩虛閣避暑詠月賦詩愛卿先成四首坐間皆閣筆詩曰畫閣東頭納晚涼紅蓮不似白蓮香一輪明月天如水何處吹簫引鳳凰月出天邊水在湖微瀾倒浸玉浮圖褰簾欲共嫦娥語却恨林間鳥亂呼手弄雙頭茉莉枝曲終不覺鬢雲欹佩環響處飛仙過願借青鸞一隻騎曲曲欄干正正屏六銖衣薄嬾來憑夜深風露涼如許身在瑤臺第一層同群有趙氏子者第

六亦簪纓族父云母在家貲巨萬慕其才色以銀伍百兩聘焉愛卿入門婦道甚修家法甚整擇言而發非禮不行趙子嬖而重之聘之二年趙子有父黨爲吏部尚書者以書自大都召之許授以江南一官趙子欲往則恐貽母妻之憂不往則又恐失功名之會躊躇未決愛卿謂之曰妾聞男子生而桑弧蓬矢以射四方丈夫壯而立身揚名以顯父母豈可以恩情之篤而誤功名之期乎君母在堂溫凊之奉甘旨之供妾任其責有餘矣但年高多病而子有萬里之行

李令伯所謂事陛下之日多報劉之日少君宜常以此為念望太行之孤雲撫西山之落日不可不早歸爾趙子遂卜大都之行置酒酌別於中堂酒三行愛卿請趙子捧觴為大夫人壽自製齊天樂一闋以侑之其詞曰恩情不把功名誤離筵又歌金縷白髮慈親紅顏幼婦君去有誰為主流年幾許況悶悶愁愁風風雨雨鳳拆鸞分未知何日更相聚蒙君再三分付向堂前侍奉休辭辛苦萬里皇恩五花官誥要待封妻拜母君須聽取怕日薄西山易生愁阻早促回

裎綠衣相對舞歌罷坐中皆垂淚趙子乘醉解纜而行至都而尚書以疾廢無所投托遷延旅館久不能歸太夫人以憶子之故遂得重疾伏枕在床愛卿事之甚謹湯藥必親嘗饘粥必親進求神禮佛以追其灾虚詞詭說以寬其意沉眠數月因遂不起一旦呼愛卿而告之曰吾子以功名之故遠赴京都遂絶音耗吾又不幸感疾新婦事我至矣今而命殂無以相報但願吾子早歸新婦異日有子有孫皆如新婦之孝敬皇天有知必不相負言訖而沒愛卿哀毀如禮

親造棺槨置墳壠葬之于白苧林既葬旦夕哭於靈
几前悲傷過度爲之瘦瘠至正十六年張士誠陷平
江十七年達達丞相檄苗軍帥楊完者爲江浙參政
拒之於嘉興不戢軍士大掠居民趙子之家爲劉萬
戶者所據見愛卿之姿色欲逼納之愛卿詒之以甘
言接之以好容沐浴入閣以羅帕自縊而死萬戶聞
而趨救之已無及矣卽以繡褥裹尸瘞之於後圃銀
杏樹下未幾而張士誠通款於浙省王參政爲所害
麾下皆星散趙子始間關海道由太倉登岸至嘉興

則人民城郭皆已非矣投其故宅荒廢無人居但見鼠竄於梁梟鳴于樹蒼苔碧草掩暎階庭而已求其貲產皆已蕩然尋其母妻不可復有惟中堂巋然獨存乃灑掃而息焉明日行至于東門外至紅橋側遇舊使老蒼頭於道呼而問之具述其詳則母已亡妻亦沒矣遂引趙至白苧林其母葬處指其墳壠而告之曰此皆六娘子之所經理也指其松栢而告之曰此皆六娘子之所植太夫人以郎君不歸感念成疾娘子奉之至矣不幸而死遂葬于此娘子身披衰

麻手扶棺櫬親自負土號哭墓下葬之三月而苗軍入城宅舍被占劉萬戶者欲以非禮犯之娘子不從遂以羅巾自縊就於後圃葬之矣趙子大傷感即歸至銀杏樹下發掘之顏貌如生肌膚不改趙子抱其尸而大慟絶而復甦者再乃沐以香湯被以華服買棺而附葬於母墳之側哭之曰娘子平日聰明才慧流輩莫及今雖死矣豈可混同凡人使絶靈響九原有知願賜一見雖顯晦殊途人皆忌憚而恩情切至實所不疑於是出則禱於墓下歸則哭于圃中將及

一旬月晦之久趙子獨坐中堂寢而不能寐忽聞牆中哭聲初遠漸近覺其有異急起視之曰倘是六娘子靈何吝一見而叙舊也即聞之曰妾即羅氏也感君憂念雖處幽冥實所惻愴是以今夕與君知聞爾言訖如有人行冉冉而至五六步許即可辨其狀貌果愛卿也淡粧素服一如其舊惟以羅巾擁其項見趙子施禮畢泣而歌沁園春一闋其所自制也詞曰

一別三年一日三秋君何不歸記尊姑老病親供藥餌高墳埋葬親曳麻衣夜卜燈花晨占鵲喜雨打梨

花畫掩扉誰知道把恩情永隔書信全稀干戈滿目
交揮奈命薄時乖履禍機向銷金帳底猿驚鶴怨香
羅巾下玉碎花飛要學三貞須捹一死免被傍人話
是非君相念等除非畫裏得見崔徽每歌一句則悲
數聲悽愴怨咽殆不成腔趙子延之入室謝其奉姆
之孝嘗墳之勞殺身之節感愧不已乃收淚而自叙
曰妾本娼流素非良族山雞野鶩家莫能馴路柳墻
花人皆可折惟知倚門而獻笑豈解舉案以齊眉令
色巧言迎新送舊東家食而西家宿久習遺風張郎

婦而李郎妻本無定性幸蒙君子求爲家室卽便棄
其舊染之汚革其前事之失操持井臼採掇蘋蘩脩
祀祖之儀篤奉姑之道事以禮葬以禮無愧于心歌
于斯哭于斯未嘗窺戶豈料旻天不弔大患來臨毒
手老拳交爭于四境長鎗大劒耀武于三軍旣據李
崧之居又奪韓翃之婦良人萬里賤妾一身豈不知
偷生之可安忍辱之耐久而乃甘心玉碎決意珠沉
若飛蛾之撲燈似赤子之入井乃巳之自取非人之
不容蓋所以愧乎爲人妻妾而棄主背夫受人爵祿

而忘君負國者也趙子慰撫良久因問太夫人安在曰尊姑在世無罪聞已受生於人間矣趙子曰然則君何以獨墮鬼籙對曰妾之死也宜可以妾貞烈即令往無錫州宋家托爲男子妾以與君情緣之重必欲伺君一見以叙幽抱故遲之歲月爾今旣見君矣明日即往生也君如不棄舊情可到彼家見訪當以一笑爲約遂與趙子入室歡會款若平生雞鳴叙别下階數步復回顧拭淚云趙郎珍重從今永别矣因哽咽佇立天色漸明欻然而逝不復可覩但空堂杳

然寒燈半滅而已趙子起而促裝逕往無錫尋宋氏之居而問焉則果得一男子懷姙二十月矣然自降生之後至今哭不輟聲趙子具述其事而願見之果一笑而哭止其家遂名之曰羅生趙子求爲親屬自此往來餽遺書問不絕云

翠翠傳

翠翠姓劉氏淮安民家女也生而悟頴能通詩書父母不奪其心就令入學同學有金氏子者名定與之同歲亦聰明俊雅諸生戲之曰同歲者當爲夫婦二

人亦私以自許金生贈翠翠詩曰十二欄干七寶臺
春風隨處艷陽開東園桃樹西園柳何不移來一處
栽翠翠和之曰平生每恨祝英臺懷抱何爲不早開
我願東君勤用意早移花樹向陽栽已而翠翠年長
不復至學及年十六父母欲其議親輒悲泣不食以
情問之力不肯言久乃曰必西家金定妾已許之矣
若不相從有死而已誓不登他門也父母不得已而
聽焉然而劉富而金貧其子雖聰俊門戶甚不相敵
及媒氏至其家果以貧辭慚愧不敢當媒氏曰劉家

黄一彝

小娘子必欲得金生父母亦許之矣若以貧辭是違背其誠意而挫過此一好因緣也今當語之曰寒家有子麁知詩書貴宅見求敢不從命但蓽門圭竇之人安於貧賤久矣若責其聘問之儀婚娶之禮終恐無從而致彼以愛女之故當不較也其家從之媒氏復命父母果曰婚姻論財夷虜之道吾知擇壻而已不計其他但彼不足而我有餘我女至彼必不能堪莫若贅其子入門可矣媒氏傳命再往其家不敢違遂卜日結婚凡幣帛之類羔鴈之屬皆女家自備迎

壻入門二人相見喜可知矣是夕翠翠於枕畔作臨江仙一闋贈生曰曾向書窓同筆硯故人今作新人洞房花燭十分春汗霑蝴蝶粉身惹麝香塵殢雨尤雲渾未慣枕邊眉黛羞顰輕憐痛惜莫辭頻願郎從此始日近日相親邀生繼和生遂次韻曰記得書齋同筆硯新人不是他人扁舟來訪武陵春仙居鄰紫府人世隔紅塵海誓山盟心已許幾番淺笑深顰向人猶自語頻頻意中無別意親後有誰親二人相得之樂雖翡翠之在赤霄鴛鴦之游綠水未足以喻也

未及一載張士誠兄弟起兵高郵盡陷淮東諸郡女爲其部下將李將軍者所掠至正末士誠闢土益廣跨江南北乃納款元朝願奉正朔道路始通行李無阻生於是辭別內外父毋願求其妻誓以不見則不復還行至平江則聞李將軍見在紹興守禦及至紹興則又調兵屯安豐矣復至安豐則回湖州駐扎矣生往來江湖備經險阻星霜屢移囊橐又竭然而此心終不少阻草行露宿丐乞於人僅而得達湖州則李將軍方貴重用事威焰隆赫生佇立門墻躊躇窺

信將進而不能欲言而不敢閽者怪而問焉生曰僕淮安人也喪亂以來聞有一妹在於貴府今而不遠千里至此欲求一見耳非有他也閽者曰然則汝何名姓妹年貌若干吾得一聞以審其虛實生曰僕姓劉名金定妹名翠翠識字能文當失去之時年始十七以歲月計之今則二十有四矣閽者聞之曰府中果有劉氏者淮安人也年二十四歲識字善爲詩性又慧巧本使寵之專房汝若信不虛吾將告之於內汝且止此以待遂奔走入告須臾令生入見將軍坐

於廳上生再拜而起具述其由將軍武人也信而不疑即命內豎告於翠翠曰汝兄自鄉中至此當一出見之翠翠承命而出以兄妹之禮見於廳前不能措一詞但悲傷哽咽而已將軍曰汝既遠來道途疲弊可且於吾門下休息吾當徐爲之所即出新衣一襲令換服之并以帷帳衾席之屬設於門西小館令生處焉翌日謂生曰汝妹既能識字汝亦通書否生曰僕在鄉中以儒爲業以書爲本凡六經羣史諸子百家涉獵盡矣又何疑哉將軍喜曰吾自少失學乘亂

偶起今方見用于時趨附者衆賓客迎門無人延款書啓盈案無人裁答汝便處吾門下足充一記室矣生明敏者也性既温和才又秀發處于其門益自檢束應上接下咸得其歡代書回簡曲盡其意將軍大以爲得人待之甚厚然而生之來此本爲求訪其妻而自聽前一見之後不可再得閨閤深遠內外頗嚴但欲一達其意而終無間可乘荏苒數月時及授衣西風夕起白露爲霜生獨處空齋終夜不寐乃成一詩曰好花移入玉欄干春色無緣得再看樂處豈知

愁處苦別時雖易見時難何年塞上重歸馬此夜庭
中獨舞鸞霧閣雲牕深幾許可憐辜負月團圓詩成
題于片紙拆布衣之領而縫之以百錢納於小豎而
告之曰天道已寒吾衣甚薄望持入付于吾妹令其
拆而縫紉之將以禦寒爾小豎如言持入翠翠解其
意拆衣而詩見大加傷感呑聲而泣別爲一詩亦縫
於衣領之内付出還生詩曰一自鄉關動戰鋒舊愁
新恨幾重重腸雖已斷情難斷生不相從死亦從長
使德言藏破鏡終教子建賦游龍綠珠碧玉心中事

今日誰知也到儂生得詩知其以死許之無復致憾但愈加抑鬱遂感沉疾翠翠聞之請于將軍始得一至床前問候而生病已亟矣翠翠以臂扶生而起生引首側視凝淚滿眶長吁一聲奄然死於其手將軍憐之葬於道塲山麓翠翠送殯而歸是夜得疾不復飲藥展轉衾席將及一月一旦告將軍曰妾棄家相從已得八載流離外郡舉眼無親止有一兄今又死矣病必不能起乞埋骨兄側使黃泉之下庶有依託不至於他鄉作一孤鬼也言盡而卒將軍不違其志

竟附葬於生墳左宛然東西二丘焉洪武元年張氏
旣滅翠翠家有一舊僕以商販爲業道由湖州道
塲山下見華屋數間槐柳扶疎翠翠與金生方並肩
而立于門遽呼之入動問父母存亾及鄉井舊事僕
曰娘子與郎安得在此翠翠曰始因兵亂我爲李將
軍所虜郎君遠來尋訪將軍不阻以我歸焉因遂僑
居於此爾僕曰予今復回淮安娘子可爲一書以報
父母也翠翠留之宿飯吳興之香糯霅溪之鮮鯉
以烏程酒出飲之明早遂脩一啓以報父母曰伏以

父生母育難忘罔極之恩夫唱婦隨夙著三從之義在人倫而已定何時事之多艱最甚者漢日將頹楚氛甚惡挾持太阿之柄擅弄潢池之兵封豕長蛇互相吞食雄蜂雌蝶各自逃生不能玉碎於亂離乃致尾全而倉卒驅馳戰馬隨逐征鞍望高天而八翼莫飛思故國而三魂累散良辰易過傷青鸞之伴木雞怨耦爲伉儷烏鴉之打丹鳳雛應酬而爲樂終感念而生悲夜月杜鵑之啼春花蝴蝶之夢時移事往苦盡甘來今則楊素覽鏡而歸妻王敦開閤而放妓蓬島

踐當時之約瀟湘有故人之逢自憐賦命之屯不恨尋春之晚章臺之柳雖已折於他人玄都之花尚不改於前度將謂瓶沉而簪折豈期璧返而珠還殆同玉簫女兩世因緣難比紅拂妓一時配合天與其便事非偶然煎鸞膠而續斷弦重偕繾綣托魚腹而傳尺素謹致丁寧未奉甘旨先此申覆父母得書甚喜其父即具舟與僕自淮徂浙逕奔吳興而訪焉至道場山下向日相遇留宿之處則荒烟野草狐兎之跡交道前所見華屋乃東西兩墳耳方疑惑間適有野

僧扶錫而過指而問焉則曰此故李將軍所葬金生
與翠娘墳耳豈有人居乎大驚急取其書而視之乃
白紙一幅也時李將軍已爲　國朝誅戮無從詰問
其詳父哭於墳下曰汝以書賺我令我千里至此本
欲與我一見也今我至矣而汝藏蹤滅跡不復可求
我與汝生爲父子死爲骨肉又何間焉汝死有靈願
得一見以決我疑也是夜宿於墳下三更後忽見翠
翠與金生拜於前悲啼宛轉父驚而撫問之翠翠乃
具述其始末曰往者禍起蕭墻兵興屬郡不能效實

氏女之死乃致爲沙吒利之驅忍耻偷生離鄉去國
恨以蕙蘭之弱質配兹狙獪之下材惟知奪石家買
笑之姬豈暇憐息國不言之婦呼九閽而無路度一
日如三秋良人不棄舊恩特蒙遠訪托兄妹之名而
僅獲一見隔夫婦之義而終遂不通彼感疾而先殂
妾含冤而繼殞欲求附葬遂得同歸大畧如此微言
莫盡父曰我之來此本欲取汝歸家以奉我耳今汝
死矣將取汝骨遷于先壠亦不虛行一遭也復泣而
言曰妾生而不幸不得侍奉親闈沒而無緣不得首

丘墓然而天道尚静神理宜安若便遷移反成勞擾況溪山秀麗草木榮華旣巳安焉非所願也因抱持其父而大哭父遂驚覺乃一夢也明日以牲酒奠于墳下與僕返棹而歸至今往來者指爲金翠墓云

剪燈新話卷之二終

剪燈新話卷之四

山陽　瞿　祐　宗吉著
新安　黃正位　黃叔校

龍堂靈會錄

吳江有龍王堂堂蓋廟也所以奉事香火故謂之堂或以爲石岸突出洲渚可居若塘岸焉故又謂之龍王塘其地左吳松右太湖風濤險惡衆水所匯過者必致敬於廟下而後行元統間有聞人子述者以歌詩鳴于吳下因過其處適值龍掛乃白龍也鬐鬣下

新詞
卷四

垂如一玉柱鱗甲照耀若明鏡數百片轉側於烏雲之內良久而沒予述自以爲平生奇觀莫之能及雨止登廟周覽旣畢乃題古風一章於廡下曰龍王之堂龍作主棟宇青紅照江渚歲時奉事不敢違求晴得晴雨得雨平生好奇無與伍訪水尋山遍吳楚扁舟一葉過垂虹濯足滄浪浣塵土神龍有心慰勞苦變化風雲快觀覩鬐鬣蜿蜒玉柱垂鱗甲光芒銀鏡舞村中稽首朝翁姥船上燃香拜商賈共說龍神素有靈降福除災敢輕侮我登龍堂共龍語至誠感格龍

應許汲挽湖波作酒擬採摘江花當肴膞大字如拳
寫庭户過者驚疑居者怒世間不識謫仙人笑別神
龍指歸路題畢回舟卧于蓬下忽有魚頭鬼身者自
廟中而來施禮於前曰龍王奉邀子述曰龍王處於
水府賤子遊於塵世風馬牛之不相及也雖有嚴命
不識何以能至魚頭者曰君毋苦辭但瞑目少頃即
當至矣子述如言但聞風雷聲久之漸息開目則見
殿宇崢嶸儀衛羅列寒光逼人不可仰視眞所謂水
晶宮也王聞其至躬佩冠服而出迎之上階致謝曰

日間蒙惠高作詞旨既佳筆勢又妙真足以壯觀於廟庭矣是以屈君至此欲得奉酬坐未定外間傳言有客王乃出門而接見有三人同入其一高冠巨履威儀簡重其一烏帽青裘風度蕭灑其一則葛巾野服而已分賓次而坐王謂子述曰君不識三客乎乃越范相國晉張使君唐陸處士耳此吳地之三高也王對三客言子述題詩之事俱各傳觀稱賛不已王曰詩人遠臨貴客又至賞心樂事不期而同即命左右設宴於中堂凡鋪陳之物飲饌之味皆非世間所

有潛至方欲飲閽者奔入告曰吳大夫伍君在門王急起迎之既入禮畢范相國猶據首席而不謙避伍君勃然變色而謂王曰此地乃吳國之境王乃吳地之神吾乃吳國之忠臣彼乃吳國之讐人也吳俗無知妄以三高爲月立亭館以奉之王又延之入室置之上座向月吞吳之恨寧忍忘之耶即數范相國曰汝有三大罪而人罔知故千載之下得以欺世而盜名今吾爲汝一一白使大奸無所容大惡無所隱矣相國默然請問其說乃曰昔勾踐志於復仇臥薪嘗膽

十年生聚十年教訓以此戰伐孰能禦之何至假負
薪之女爲誨淫之事出此鄙計不以爲慙吳既亡矣
又不能除去尤物反與共載而去昔太公蒙面以斬
妲己高熲違令而戮麗華以此方之孰得孰失是謀
國之不臧也吳既滅矣以句踐爲人長頸烏喙可以
共患難不可以共逸樂浮海而去以書遺大夫文種
云蜚鳥盡良弓藏狡兔死走狗亨子可去矣夫自不
能事君又誘其臣與之偕去令其主孤立于上國空
無人於心安乎昔叔牙之薦管仲蕭何之追韓信以

此方之孰是孰非是事君之不忠也既以去國本求高蹈何乃聚歛積實耕于海濵父子力作以營千金屢散而復積此欲何爲者哉昔魯仲連辭金而不受張子房辭穀而遠引以此方之孰賢孰愚是持身之不廉也負此三大罪安得居吾之上乎相國面色如土久之乃曰子之罪我則然矣願聞子之所事伍君曰吾以家族之不幸遍遊諸國不避艱險終能用吳以復父兄之讎又能爲夫差復父之讎則孝爲有餘矣事吳吳至亡不叛以畢志於其君雖罹屬鏤之慘終

無怨辭則忠爲有餘矣君不終用至於臨死又能逆料沼吳之禍以爲身後之憂則智爲有餘矣使吾尚在會稽之棲不可以復振檇李之敗不可以詭勝而越之君臣將不暇於朝食又烏能得志於吾國乎蓋嘗論之吳之亡不在於西子之進而在於吾之被讒越之覇不在於種蠡之用而在於吾之受戮吾若不死則苧蘿之姝適足爲後宮之娛榮楯之華適足爲前殿之誇姑蘇之臺麋鹿豈可得遊至德之廟禾黍豈至於遽生哉惟自戕其骨鯁自害其股肱故雖人

得以乘其機敵國得以投其隙蓋有幸而然耳豈子伐國之功謀國之策乎相國詞寒遜虚位以讓之伍君遂處其上相國居第二位第三第四則張使君陸處士子述居第五王坐於末席焉已而酒行樂作王請坐客各賦歌詩以爲樂伍君乃左撫劍右擊盤朗而作歌曰駕艅艎之長舟兮覽吳會之故都悵館娃之無人兮麋鹿遊于姑蘇憶吳子之驟強兮蓋得人以爲任戰栢舉而入楚兮盟黄池而服晉何用賢之不終兮乃自壞其長城迫甬東而乞死兮始躑躅而

哀鳴泛鴟夷於江中兮驅白馬於潮頭胯胥山之舊
廟兮挾天風而遠遊龍宮鬱其崔嵬兮水殿開而宴
會日既吉而辰良兮接賓朋之冠佩奠椒漿而酌桂
酒兮擊金鐘而戛鳴球湘妃漢女出而歌舞兮瑞霧
靄而祥煙浮夜迢迢而未央兮心搖搖而易醉撫長
劒而作歌兮聊以泄千古不平之氣歌竟范相國持
杯而詠詩曰覇越平吳扁舟五湖昂昂之鶴泛泛之
鳧功成身退辭榮避位良弓既藏黃金曷鑄萬歲千
秋寃鬼來遊今夕何夕於此淹留吹笙擊鼓羅列樽

俎妙女嬌娃載歌載舞有酒如河有肉如坡相對不樂日月幾何金樽翠爵爲君斟酌後會未期且此歡娛張使君亦倚席而吟詩曰驅車返故園掛席來東吳西風旦夕趨飛塵滿皇都人生在世間貴乎得所圖問渠華亭鶴何似松江鱸豈意千年後高名猶不孤鬱鬱神靈府濟濟英俊徒華筵列玳瑁美酒傾醍醐妙舞躡珠履狂吟叩金壺顧余復何人亦得同歌呼作詩記勝事流傳遍江湖陸處士遂離位而陳詩曰生計蕭條具一船筆床茶竈共周旋但籠甫里能

言鴨不釣襄江縮項鯿鼓瑟吹笙聞盛樂倒冠落珮預華筵何須溫嶠燃犀照已被傍人作話傳衆客吟罷子述乃製長短句一篇獻于坐間曰江湖之淵神物所居珠宮貝闕與世不殊黄金作屋瓦白玉爲門樞屏糚玳瑁甲檻植珊瑚株祥雲瑞靄相扶輿上通三光下八區自非馮夷與海若孰得於此而躋踏高堂開宴羅賓主禮數繁多冠冕聚忙呼玉女捧牙盤催叫神娥調翠釜長鯨鳴巨鼓舞鼈吹笙鼉擊鼓驪頷之珠照樽俎蝦鬚之簾掛廊廡八音迭奏雜仙韶

遺音縹緲遏雲霄湘妃姊妹撫瑤瑟秦家公子來吹
簫麻姑碎擘麒麟脯洛妃斜拂鳳凰翹天吳紫鳳顛
倒而奔走金支翠旗有無而動搖胥山之神余所慕
曾謁神祠拜神墓相國不改古衣冠使君猶存晉風
度座中別有天隨生口食杞菊骨格清平生夢想不
可見豈期一日皆相迎主人靈聖更難測驅駕風雲
頃刻周遊八極隘四溟固知不是池中物鱖生何幸
得遭逢生令死草生華風待以天府入珎之異饌飲
以仙厨九醞之深鍾嚼壺鈌塵柄折醉眼生花雙耳

熱不來洲畔採明珠不去波間摸圓月但將詩句寫斂綃留向龍宮詫奇絕歌詠俱畢觥籌交錯但聞水村喔喔晨鷄鳴山寺隆隆曉鐘擊伍君先別三高繼往王乃以紅珀盤捧照乘之珠碧瑤箱盛開水之角贈餽於子述命使送還抵舟則東方洞然水路明朗乃於中流稽首廟堂而去

太虛司法傳

馮大異名奇吳楚之狂士也恃才傲物不信鬼神凡依草附木之妖驚世而駭俗者必披襟當之至則凌慢

毁辱而後已或焚其祠或沉其像勇往不顧以是人
亦以膽氣許之至元丁丑僑居上蔡之東門有故之
近村時兵燹之後蕩無人居黃沙白骨一望極目未
至而斜日西沉愁雲四起既無旅店何以安泊道傍
有一古栢林即投身而入倚樹少憇鵂鶹鳴其前豺
狐嘷其後頃之有群鴉撲翅而下或跂一足而啼或
鼓雙翼而舞叫噪惟惡循環作陣復有八九死尸僵
臥左右陰風颯颯飛雨驟至疾雷一聲群尸咸起見
大異在樹底踴躍趨赴急攀緣上樹以避之群尸環

繞其下或嘯或罵或坐或立相與言曰今夜必取此
人不然吾屬將有咎已而雲收雨止月光穿露見一
夜叉自遠而至頭有二角舉體皆青大呼闊步逕至
林下以手撮死尸摘其頭而食之如噉瓜之狀食訖
飽臥鼾聽之聲動地大異自度不可久留乘其熟睡
下樹而逃行不百步則夜叉已在其後矣捨命而奔
幾爲所及遇一蘭若急入投之東西廊並無一人殿
上惟有佛像一軀質狀甚偉大異計窮見佛背有一
穴遂竄身入穴佛言彼求之不得吾不求而自至今

者好顛異心不必食齋也即振迅而起其行甚重將十步許爲門限所碍蹶然仆于地土木狼籍胎骨粉碎矣大異得出猶大言曰胡鬼奚乃公反自掇其禍即出寺而行遥望野中燈燭熒煌諸人揖讓而飲大異馳往赴焉及至則皆無頭者也間有貳頭者則無一臂或無足大異不顧而走諸鬼怒曰吾輩方此酣暢此人大膽敢來搪突當執之以爲脯肉爾即踉蹌叫怒或搏牛糞而擲或執人骨而投無頭者則提頭而趂之前阻一水大異亂流而渡諸鬼至水際則不

敢越行及半里大異回顧猶聞喧譁之聲靡靡不已須臾月墜不辨蹊徑失足墜一坑中其深無底乃一鬼窟也寒沙眯目陰氣徹骨群鬼有赤髮而雙角者緑毛而兩翼者鳥喙而獠牙者牛頭而獸面者皆身如藍靛口吐火焰見大異至賀曰讎人至矣即以鐵紐繫其頸皮繩束其腰驅至鬼王之座下而告曰此即在世不信鬼神凌辱吾徒之狂士也鬼王怒而責之曰汝豈不聞鬼神之爲德其盛矣乎孔子聖人也猶曰敬而遠之大易所謂載鬼一車小雅所謂爲鬼

爲魊他如左傳所記晉景之夢信有之皆是物也汝爲何人獨言其無吾受汝侮久矣今幸相遇吾其得而甘心焉即命衆鬼鉗其冠裳加之箠楚或搏其面或擊其齒流血淋漓求死不得鬼乃謂之曰汝欲調泥成醬乎汝欲身長三丈乎大異自念泥豈可爲醬因願身長三丈群鬼即驅之于石床之上如搓粉之狀衆手摩撫而反覆之不覺漸長已而扶起果三丈矣裊裊如竹竿焉衆共辱之呼爲長竿惟王又謂曰汝欲揉石成汁乎汝欲身短一尺乎大異方厭其長

爲衆所辱即顛身矮一尺群鬼又驅之于石之上如挼麪之狀極力一搓骨節磔磔有聲乃擁之起果一尺矣團欒如巨蟹焉衆又辱之呼爲蟛蜞恠大異蹣跚于地不勝其苦旁有一老鬼撫掌大笑曰足下平昔不信鬼神今日何故作此形骸乃請于衆曰彼雖無理然遭辱亦甚矣可憐許情宥之即以手提大異兩臂而抖擻之須臾復故大異求還諸鬼曰汝既到此不可徒返吾等各有一物相贈所貴人間知有我輩耳老鬼曰然則以何物贈之一鬼曰吾贈以撥雲

之角即以兩角置於大異之額岌然相向一鬼曰吾贈以哨風之嘴即以一鐵嘴加於其脣如鳥喙焉一鬼曰吾贈以朱華之髮即以赤水染其鬢皆鬅鬙而上豎其色如火一鬼曰吾贈以碧光之睛即以二青珠嵌於其目湛湛而碧色矣老鬼遂送之出坑曰善自珍重向者群小溷擾幸勿記懷也大異雖得出然而頂撥雲之角戴哨風之嘴被朱華之髮含碧光之睛儼然成一異鬼到家妻孥不肯認出市衆共聚觀以爲怪物小兒則驚恐而逃避遂閉門不食憤懣而

死臨死謂其家人曰我爲諸鬼所困今其死矣可多以紙筆置於棺中我將訟之于天數日之內蔡州有一奇事是我得理之時也汝等可瀝酒而賀我矣言訖而沒沒之三日白晝風雨大作雲霧四塞雷霆霹靂聲震寰宇厖屋皆墜大木盡拔經宿開霽則向日所墜之坑變爲一巨澤瀰漫數里其水皆赤忽聞棺中作語曰訟已得理群鬼皆被誅戮天府以吾正真命爲太虛司法職務繁冗不得再來人世矣其家遂祭而葬之肸蠁之間如有靈焉

修文舍人傳

夏顏字希賢吳之震澤人也傳學多聞性質英邁幅巾布裘遊於東西兩浙間喜慷慨論事亹亹不厭人每傾下之然而命分甚薄日不暇給嘗喟然長歎曰夏顏汝修身謹行柰何不能潤其家乎則又自解曰顏回困於陋巷豈仁義之不足也賈誼困於長沙豈文華之不逮也校尉封拜李廣不侯豈智勇之不盡也侏儒飽死而方朔苦飢豈才藝之不及也蓋有命焉不可幸而致也吾知順受而已豈敢非理妄求哉

至正初客死於潤州殯于北固山下友人有與之情
熟而交厚者遇之於途見顏乘高車擁大蓋戴進賢
冠曳蒼玉佩衮衣綉裳如候伯氣象從者十數各執
供給之物呵殿而擁護風彩揚揚大異往日投西而
去友人不敢呼之一日早出復遇之於里門顏遽搴
帷下車而揖曰故人安否友人遂與之叙舊握手而
語宛若平生乃問之曰與君相别未久而能自致青
雲立身要路車馬僕從如此之盛衣冠服佩如此之
華可謂大丈夫得志之秋矣不勝健羨之至顏曰吾

今隸職冥司頗極清要故人見問何敢有隱但途路之中未暇備述君如不棄可於後夕會於甘露寺多景樓庶得從容時頃少叙間濶不知可乎望勿以幽冥爲訝而負此誠信之約也友人許之告別而去是夕携酒而往則顏已先在見其至喜甚迎謂之曰故人真信士可謂死生之交矣乃言曰地下之樂大勝人間吾今爲修文舍人顏淵卜商舊職也冥司用人選擇甚精必當其材必稱其職然後官位可居爵祿可及非若人間可以賄賂而通可以門地而進可以

外貌而溢充可以虛名而柱用也試與君論之今夫人世之上仕路之間秉筆中書者豈盡蕭曹丙魏之徒乎捉兵外閫者豈盡韓彭衛霍之流乎館閣摛文者豈皆班揚董馬之輩乎郡邑牧民者豈皆龔黃召杜之儔乎駃騠伏鹽車而駑駘飽芻豆鳳凰棲枳棘而鴟梟鳴户庭賢者槁項黃馘而死于下不賢者比肩接跡而用於上故治日常少亂日常多正在此也冥司則不然黜陟必明賞罰必當昔日負君之贓敗國之臣受其爵而享其祿者至此必罹其禍昔日清

善之家修德之士困於世而窮其身者至此必蒙其福蓋輪廻之數報應之條至此亦莫逃矣遂斟滿而飲連舉數杯倚欄佇立東西觀望口占律詩一篇吟贈友人曰笑指闌干扣玉壺林鴉驚散渚禽呼一江流水三更月兩岸青山六代都富貴不來吾老矣幽明無間子知乎傍人若問前程事積善行仁不可誣瀟身風露月茫茫一片山光與水光鐵甕城邊人蹔月鬼門關外客還鄉功名不博詩千首生死何殊夢一場賴有故人知此意清談終久對藤床吟訖搔首

而言曰太上立德其次立功其次立言僕生世之日
無德可稱無功可述然而著成集錄不下數百卷作
成文章將及千餘篇皆極深研幾盡意而爲之者奄
忽以來家事零替內無應門之僮外無好事之客盜
賊憐佑之所攘竊風雨鳥鼠之所毀傷十不存一甚
可惜也伏望故人以憐才爲意以恤交爲心捐季子
之寶劍付范夫之麥舟用財於當行施德於不報刻
之金石繡於桐梓庶幾千秋萬歲不與草木同腐此
則故人之賜也然未敢必焉友人許諾須大喜捧觴

拜獻以致丁寧之意已而東方漸曙告别而去友人歸吳中訪其家除散亡零落外猶得遺文數百篇并所著考古録通玄志等書亟命工鏤板鬻之于肆以廣其傳頎復到致謝自此往來無間其家有吉凶之事禍福之期皆預報之三年之後友人感疾頎來訪問因謂曰僕備員修文府月日已滿當得舉代冥間最重此職尤艱其選君若不欲則不敢强萬一欲之當得盡力所以汲汲於此者蓋欲報君鏤板之恩耳人生會當有死縱復强延數年何可得居此地友人

欣然許之遂不復治療數日而終

三山福地志

元自實山東人也生而質鈍不通詩書家頗豐殖以用莊爲業同里有繆君者除得閩中一官缺少路費於自實處假銀二百兩自實以鄉黨相處之厚不問其文券如數貸之至正末山東大亂自實爲群盜所刼家計一空時陳有定據守福建七閩頗安自實乃挈妻孥由海道趨福州將訪繆君而投託焉至則繆君果在有定幕下當道用事威權隆重門户赫奕自

賓大喜然而患難之餘跋涉道途衣裘藍縷容貌憔悴未敢遽見也乃於城中僦屋安頓其妻孥整飭其冠服卜日而往適值繆君之出拜於馬首栩似不相識及叙别并通姓名方始驚謝即延之入室待以賓主之禮動問良久啜茶而罷明日再往酒果三杯而已落落無顧念之意亦不言假銀之事自實還家旅寓荒凉妻孥怨詈曰汝萬里投人所幹何事今爲三杯薄酒所買即便不出一言吾等何所望也自實不得已明日再往訪焉則似已厭之矣自實方欲啟口

繆君遽言曰向者承借路費銘心不忘但一宦荒凉俸入微薄故人遠至豈敢辜恩望以文券付還即當如數陸續酬納也自實悚然曰與君舊同里閈自少交契深密承命周急素無文券今日何爲出此言也繆君正色曰文券誠有之但恐兵火之後君失之耳然而券之有無某亦不較惟望寬其程限使得致力焉自實唯唯而出惟其言辭矯妄負德若此羝羊觸藩進退惟谷半月之後再登其門惟以溫言接之終無一錢之惠展轉推託遂及半年市中有一小廬自

實徃繆君居適當其中路每於門下憩息巷主許藪
翁者有道之士也見之徃來頻久與之敘話因而情
熟時值季冬已迫新歲自實窮居無聊詣繆君之居
拜且泣曰新年在邇妻子飢寒囊之一錢瓶無遺粟
向者銀兩今不敢求但望捐斗水而活涸轍之枯下
壺飧而救翳桑之餓此則故人之賜也伏望憐之惻
之哀之恤之遂匍匐於地繆君扶之于地屈指計日
之數而告之曰更及一旬當是除夕君可于家專待
吾分祿米二石錢二定令人馳獻於宅以爲過歲之

資幸勿以少爲慊且又再三叮嚀幸勿他出以俟之自實感謝而退以繆君之言慰其妻子至日舉家懸望自實端坐于床令稚子於巷外覘之須臾奔入曰有人負米至矣急出俟焉逕越其廬而不顧自實猶謂來人不識其家趨往問之則曰張員外之餽館賓者也黙然而返頃之稚子又入告曰有人携錢來矣急出迓焉則過其門而不入再往扣之則曰李縣令之贐游客者也憮然而慚如是者凡數度至晚竟絕影響明日歲旦矣反爲所誤粒米寸薪俱不及撫妻

子相向而哭自實不勝其憤陰礪白刃坐以待旦雞鳴鼓絕則遲投緣君之門將候其出而刺之是時震方未啓道無行人惟小菴中軒轅翁方明燭誦經當門而坐見自實前行有奇形異狀之鬼數十輩從之或握刀劍或持椎鑿披露形體勢甚凶惡一飯之頃則自實復回有金冠玉佩之士百餘人從之或擎幢蓋或舁旌旛和容婉色意甚安閑軒轅翁叵測謂其必死矣誦經已罷急往訪之則自實固無恙坐定軒轅翁問曰今日之晨子將奚往何其去之匆匆而回

之緩緩也願一得聞自實不敢諱具言繆君之無義小戕狼狽今早實礪霜刃于懷將殺之以快意及至其門忽自思曰彼實得罪於吾妻子何尤焉且又有老母在堂今若殺之其家何所依寧人負我毋我負人也遂隱忍而歸耳軒轅翁聞之稽首而賀曰善子將有後祿神明已知之矣自實聞其故翁曰子一念之惡而凶鬼至一念之善而福神臨如影之隨形如聲之應響固知暗室之內造次之間不可萌心而為惡不可造罪而損德也因具言其所見而斷解之且

以錢米少許周其急然而自實終抑鬱不樂至晚遂
投于三神山下八角井中其中水忽然開闢兩岸皆
石壁萬仞中有狹路僅通行履自實捫壁而行將數
百步徑盡路窮出一衖口則天地明朗日月照臨儼
然別一世界也見大宮殿金書其榜曰三山福地自
實瞻仰而入長廊晝靜古殿煙消徘徊四顧闃無人
蹤惟聞鐘磬之聲隱隱於雲外飢餒頗甚行不能前
因困臥石壇之側忽一道士曳青霞之裾搖明月之
珮呼之起笑而問曰翰林舊識旅遊滋味薄乎自實

拱而對曰旅遊滋味則盡足矣翰林之稱一何誤乎道士曰子不憶草西蕃詔於興聖殿側乎自實曰某山東鄙人布衣賤士生世四十自不知書平生未嘗遊覽京國何有草詔之說乎道士曰子應爲飢寒所惱不暇記前事爾乃於袖中出梨棗數枚令食之曰此所謂交梨火棗也食之當知過去未來事自實食後惺然明悟因記爲學士時草西蕃詔於大都興聖殿側如昨日焉遂請於道士曰某前世得何罪而今日受此報耶道士曰子亦無罪但在職之時以文學

自高不肯汲引後進今世令君愚慵而不識字以爵位自尊不肯接納遊士故今世令君飄泊而無所投爾自實因揖當世達官數人而問之曰某人爲承相而貪饕不止賄賂公行異日當受何報道士曰彼乃無厭鬼王地下有十鑪以鑄其横財今亦福滿矣當受幽囚之禍又問曰某人爲平章而不戢軍士殺害良民異日當受何報道士曰彼乃多殺鬼王有陰兵五百皆銅頭鐵額輔之以助其虐今亦命衰矣當受割截之殃又問某人爲監司而刑罰不振某人爲郡

守而賦役不均某人爲宣慰不聞所宣者何事某人爲經略不聞所畧者何方然則當受何報也道士曰此輩等以杻枷加其身縲絏繫其頸臠肉穢骨待戮餘魂何足筭也自實遂及繆君負債之事道士曰彼乃王將軍之庫子錢物豈可妄動耶道士因言不出三年世運變革大禍將至甚可畏也汝宜擇地而居不則恐預池魚之殃自實乞指避兵之處道士曰福清可矣久之又曰不若福寧言訖謂自實曰汝到此久家間懸望今可歸矣自實告以無路道士指一逕

令其去遂再拜而別行二里許於山後得一穴而出到家則已半月矣急携妻子還赴福寧村中墾荒田數畝而居揮鋤之際錚然有聲獲瘞銀四定家遂稍康其後張氏奪印違承相被囚　大軍臨城陳平章遣擄其官吏皆不保其首領而繆君爲王將軍者所殺家資皆歸之焉以歲月計之僅及三載而道士之言悉驗矣

華亭逢故人記

松江士人有全賈二子者皆富有文學豪放自得嘗

酒落傀不拘小節毎以游俠自任至正末張氏據有浙西松江爲屬郡二子徃來其間大言雄辯旁君無人豪門貴族望風承接惟恐居後金有詩曰華髪衝冠感二[illegible]烏袍仰天不敢長吁氣化作虹蜺萬丈高[illegible]言曰四海干戈未息有書生豈合老林泉袖中一把龍泉劒撑拄東南半壁天其詩大率類是人皆信其自負矣元年　國兵圍姑蘇未援上洋人錢鶴皐起兵援張氏二子自以嚴莊高讓爲比杖策登門參其謀議遂陷嘉興等郡未幾而師

潰皆赴水死共武四年春華亭士人石若虛有故出近郊素與二子友善忽遇之於途隨行僮僕數人氣像儼如平昔迎謂若虛曰石君無恙乎若虛忘其已死與之揖讓班荆而坐于野談論逾時全忽慨然長歎曰諸葛長民有言貧賤長思富貴富貴復履危機此語非確論苟慕富貴危機豈能避世間寧有揚州鶴耶丈夫不能流芳百世亦當遺臭萬年劉黑闥既立爲漢東王臨死乃曰我輩在家鋤菜爲高雅賢輩所誤至此陋哉斯言足以發千古一笑賈曰黑闥何

足道如漢之田横唐之李密亦可謂鐵中錚錚者也横始與漢祖俱南面稱孤恥復稱臣於是逃居海島可以死矣乃眩於大王小侯之語行至東都而死密之起兵唐祖以書賀之推爲盟主自稱老耄及兵敗入關乃望以一台司見處其無智識如此大丈夫死即死爾何忍向人喉下取氣乎夫蕭信建炎漢之業及誅夷劉文靜啓晉陽之謀終加戮辱彼之功名尚爾於他人何有哉全日駱賓王佐李敬業起兵檄武氏之惡及兵敗也復能優游靈隱詠桂子天香之

句黄巢擾亂唐室罪不容誅至於事敗乃削髮披緇逃遁蹤跡題詩云鐵衣着盡着僧衣若二人者身爲首惡而終能脱禍可謂智術之深矣賈笑曰審如此吾輩當愧之矣余遽曰故人在坐不必閑論他事徒增傷感爾因解所御綠裘命僕於近村貿酒而飲數巡若虚請於二子曰二公平日篇章播在人口今日之會可無佳製以記之乎於是籌思移時余詩先成吟曰

幾言兵火接天涯　白骨叢中度歲華

杜宇有寃能泣血　鄧攸無子可傳家
當時自詫遼東豕　今日翻成井底蛙
一片春光誰是主　野花開滿蒺藜沙

詩畢賈亦繼吟詩曰

漠漠荒郊鳥倦飛　人民城郭歎都非
愁纏病骨何須葬　血汚遊魂不得歸
麥飯無人作寒食　綈袍有淚哭斜暉
生存零落皆如此　惟恨平生雅志違

吟訖若虛駭曰二公平日吟作極其豪宕今日之作

何其哀傷之過與疇昔大不類耶二人相顧無語但愀然長嘯數聲須臾酒罄告別而去行及十數步間無所見若虛大驚始悟其死久矣但見林稍烟暝嶺首日沉鳥啼鵑噪於叢林之間而已急投前村酒家訪其所以取其質酒之裘視之則觸手紛紛而碎若蝶翅之搏風焉若虛借宿酒家明日急回其後再不敢經由是路矣

他年如此樹錦裁步障護明珠生得之驚喜遂占
二首書以奉答付婢持去詩曰深盟密約兩情勞猶
有餘香惹翠袍記得去年携手處秋香亭上月輪高
高裁翠柳隔芳園牢織金籠貯彩鸞忽有書來傳好
語秋香亭上鵲聲喧生始慕其色而已不知其才華
之若是也既見二詩驚喜欲狂但翹首企足以待結
褵之期耳不記其他也女後以多情致疾恐生不知
其眷戀之誠乃以吳綾帕題一絕於上令婢持以贈
生詩曰羅帕薰香病裹頭眼波嬌溜滿眶秋風流不

與愁相約總到風流便有愁生感歎再三未及酬和
適高郵張氏兵起三吳擾亂生父挈家南歸錢塘展
轉迯乱四明以避難女家亦址徙金陵音耗不通者
二載洪武初元　國朝統一區夏道途行李往來無
阻時生父已沒獨奉母居錢塘故址遣舊使蒼頭往
金陵物色之則女已適太原王氏生一子矣蒼頭回
報生雖悵然絕望然終欲一致款曲於女以達其
情遂市剪綵花二盝紫綿脂百餅以其負約不復作
書止令齎二物往以通音問蒼頭至門趑趄進退未

敢遽入也值女垂簾獨立見其行止亦頗識之遂
簾呼問曰得非裔兄家舊人也蒼頭曰諾遂以二物
進并致生意女動問良久淚數行下乃剪烏絲欄爲
簡囘生曰伏承來使具述綢繆昔日歡情一旦終阻
自遭喪亂十載于茲祖母辭堂先君棄室煢煢形影
四顧無依欲終守前盟則鱗鴻永絕欲遥行小諒則
溝瀆莫知不幸委身從人苟延微命雖應酬之際強
爲笑歡而岑寂之中不勝傷感追思舊事恍若前朝
華榦銘心佳音在耳每孤燈夜永落葉秋高往往目

斷遥天情牽異域半衾未煖幽夢難通一佹纔歌驚魂又散豈意高明不棄撫念過深加沛澤以旁施廣餘光而下照采葑菲之下體託蘿蔦之微蹤復致耀首之華膏唇之飾褒容非故厚惠何施雖荷殊恩愈懷深愧蓋自近歲以來形銷體削面目可憎覽鏡徘徊自疑非我兄若見之亦將賤惡而棄去尚何矜恤之有哉倘恩情未盡當結因緣於來世矣沒身之恨懊歎何言拜會無期憂思靡竭惟宜自保以冀遠圖無以此爲深念也臨褚鳴咽情不能御復作律詩一

章一一讀清覽奇或察其詞而怨其意使篋翁懷恩綈袍戀德則雖死之日猶生之年也詩曰好因緣是惡因緣只怨干戈不怨天兩世玉簫思再合何時金鏡得重圓彩鸞舞後腸空斷青雀飛來信不傳安得神靈如倩女芳魂容易到君邊生得書置之巾箱每一展玩則鬱鬱不樂者累日蓋終不能忘情焉爾遂次其詩韻以見意云秋香亭上舊因緣長記中秋半夜天鴛枕沁紅粧淚濕鳳衫凝碧唾花圓斷弦無復鸞膠續舊盒虛勞蝶使傳惟有當時端正月清光能照

兩人邊生之友山陽瞿祐與生同里往來最熟備知其詳既以理諭之復作滿庭芳一闋以釋其情云詞曰月老難憑星期易阻御溝紅葉堪標辛勤種玉擬弄鳳凰簫可惜國香無主儘零落路口山腰尋春晚綠陰清晝鶗鴂已無聊藍橋雖不遠世無磨勒誰盜紅綃悵歡蹤永隔離恨難消回首秋香亭上雙桂老落葉飄飄相思債還他未了腸斷可憐宵又叙其始終離合之跡以附于古今傳記之末使多情者覽之則章臺柳折佳人之恨無窮俠義者聞之則[illegible]山藥

成俠士之心有在又安知其終如此而已也